以诗之名

席慕蓉诗集·礼享版

席慕蓉／著

长江出版传媒 长江文艺出版社

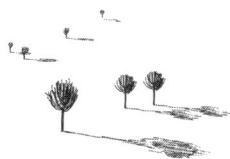

——献给 海北

诗的瞬间

——代序

（一）

2001. 2. 21　台北至淡水的途中

所有的诗人想要叙述的，都是自己的生命。有人终于找到出口，有人却误入歧途。

我发现，原来我爱的常是那些知道自己已经迷途的诗人。知道这是歧路，这一切并非原初的想望；可是，那样的徘徊复徘徊，以及不知所从，或许才是诗的真义吧。

诗，不是理直气壮的引导，更不是苦口婆心的教诲，诗，只是一个困惑的人，用一颗困惑的心在辨识着自己此刻的处境。

（二）

2002. 6. 27　从克什克腾到呼和浩特的火车上

诗是挽留，为那些没能挽留住的一切。

诗是表达，为当时无法也无能表达的混乱与热烈，还有初初萌发的不舍。

诗，是已经明白绝无可能之后的暗自设想：如果，如果曾经是可能……

诗，是一件从自己手中坠落的极珍爱的瓷器，酡红与青碧，是记忆里慢慢捡拾的碎片上浮出的颜色和心悸……

诗，终于只能是
生命在回首之时那静寂的弥补。

因此，诗人与读者的沟通绝不可能在群众旁观之下完成。真正的"素面相见"，只有在独自一人面对书中的一首诗的时候才可能发生。

（三）

2003. 9. 18　草原列车上

难以形容在牛河梁那天晚上来回两公里如水般的月光，在通往女神庙的山径上。

两公里的月光，可以是一首诗的标题吗？如果要写，以什么样的字句可以完整地显示出那澄澈清朗的月色以及那层层叠叠铺满了一地的清晰无比的树影？还有，还有那安静地伴随在我们身旁的五千五百年的时光？

人说时光如逝水，可是，在蒙古高原之上，在这苍茫万里的大地之间，我却发现，一切都没有离开，一切都从未消失。就如那夜在月光下行走的我们，对松林间的光影并不陌生，只觉得似曾相识，如遇故人。

我在当时轻声询问朱达先生，土地是不是真的具有灵气？他说："有的。"平日沉默寡言的考古学者，心中想必另有一种丰美境界吧。

在母亲的土地上，我是备受宠爱的女儿，给了我教诲，也给了我，难以描摹的至美。

（四）

2005．3．15　野柳海边

昨天有新书发表会，在众人之前朗读一首旧作《借句》，读到那一行"要如何封存　那深藏在文字里的我年轻的灵魂　"之时，忽然悲从中来，忍不住就落泪了。

难以解释的突发事件，找不出什么恰当的借口可以掩饰或者说明。

只能猜想，在诗里另有一个我，她的本质是现实世界里的我所难以了解和衡量的。仿佛她已隐忍很久了，所以才会突然出现，是生命内里的矛盾与混乱吗？还有不安与不甘……

在尘世间循规蹈矩地活着，参与着，似乎以为一切本该如此了。幸好，幸好还有诗，才能忽然在瞬间点醒了我。

（五）

2016. 3. 3　淡水家中

曾听一位讲者在台上说，要如何如何才能写出伟大的诗篇来，仿佛在传授秘笈般的慎重，我的心在当时就寂然退下。

人还坐在讲堂里，却已经听不见什么了。我知道自己生性愚昧，却不能不坚持，"伟大"这件事是不能事先预订的，而且与诗无关。

写诗是生命的要求，它要求的只是诗本身，并无任何其他的附加条件。

即使如杜甫也曾经说过"语不惊人死不休"那样的话，可是，我相信，在他每首诗当时的触动里，绝对不会有一个"伟大"的目标高悬在前，杜甫诗中的苦民所苦，是真正的疼痛啊！

（六）

2016. 8. 14　淡水家中

年少时在日记本里的涂鸦，源自流离与寂寞的处境，没想到，诗，从兹竟然安顿了我困窘的身心。那个年岁，诗，是在丛林里的冲撞，是终于完好地奔回洞穴之后静静流下的泪水。

中年的我，谨小慎微循规蹈矩。没想到，提起笔来，竟然如此执拗，从不肯对任何的干扰屈服，我行我素，一心想要寻回那些错过的溪涧与幽谷，那些依稀的芳馥……

如今，甚至也不接受我自己的劝告，明明知道去书写原乡那辽阔深远的时空沧桑非我力所能及，却不肯罢休。

诗，在此时，对我已非语言、意念和几行文字而已，它是生命本初最炽烈的渴望，如离弦之箭在狂风中，犹想射向穹苍。

（七）

2016. 11. 14　淡水书案窗前

感谢长江文艺出版社推出我的七本诗集平装新版，内含从 1959 年到 2011 年的诗作，社方征序于我，欣然摘取六则"诗的瞬间"献上。

很早很早的时候，我就喜欢读诗，写诗。到了高中，立志修习绘画，之后从师范大学的美术系毕业，再留欧专攻油画和铜版画，从布鲁塞尔皇家美术学院毕业之后，一面开画展，一面准备回台湾教书。然后，回到岛上，在大专院校的美术科系里担任教职，就这样认认真真地过了许多年。因此，诗好像就只是一种单纯的爱好而已，既没有明确的目标，也没有远大的志向，更没有机会去求得技法的精进；这么多年以来，只是顺从着心中的触动与渴望去写，诚恳而又安静地，一直写到今天。

今天，时光已老，我才在回首之时欣然领悟，生命中一直有诗相伴，是多么难得的幸福。

其实，叶嘉莹先生早就说了："读诗与写诗，是生命的本能。"感谢这美好的本能从来没有将我舍弃，总是不时现身提醒。

今天，愿以我敬爱的叶先生之嘉言，与每一位读者共勉。

回望

——自序

几年前，马来西亚的水彩画家谢文钏先生，托人给我寄来一张小画，是我自己的旧时习作，应该是大学毕业之前交到系里的一张水墨画。文钏是我的同班同学，毕业后的那个夏天，去系办公室辞行的时候，见到这些已经无人认领的作业，在助教的建议之下，他就当作纪念品带回马来西亚去了。多年之后，才又辗转寄还给我。

这张小画是临稿的习作，画得不很用心，乏善可陈。倒是画面左上角我用拙劣的书法所提的那些字句，唤醒了我的记忆：

关山梦，梦断故园寒。塞外英豪何处去，天涯鸿雁几时还，拭泪话阴山。

生硬的字句，早已忘却的过去，可是我知道这是我填的词。应该是大学四年级上学期，在溥心畬老师的课堂里开始学习，胡乱试着填的吧？后来在别的课堂里交作业的时候，又把它写了上去。

这真正应该是早已被我遗忘了的"少作"了。但是，多年之后，重新交到我的手上，怎么越看越像是一封预留的书信？

原来，为了那不曾谋面的原乡，我其实是一直在作着准备的。

年轻的我还写过一些，依稀记得的还有：

"……头白人前效争媚，乌鞘忘了，犀甲忘了，上马先呼累。"等等幼稚又怪异的句子，交到溥老师桌上的时候，他看着吟着就微微笑了起来，是多么温暖的笑容，伫立在桌前的我，整个人也放松了，就安静地等待着老师的批改和解说……

是多么遥远的记忆。

常有人问我，为什么会开始写诗？又为什么还在继续写诗？我或许可以用生活中的转折来回答，譬如战乱，譬如寂寞，并且也曾经多次这样回答过了。可是，心里却总是有些不安，觉得这些答案都并不完全，甚至也不一定正确。

什么才是那个正确而又完全的答案？

或者，我应该说，对于"写诗"这件事，有没有一个正确而又完全的答案？

我是一直在追问着的。

是不是因为这不断的追问与自省，诗，也就不知不觉地继续写下去了？

《以诗之名》是我的第七本诗集。

预定在今年的七月出版，那时，离第一册诗集《七里香》的面世，其间正好隔了三十年。而如果从放进第二册诗集中最早的那一首是写成于一九五九年三月来作计算的话，这总数不过四百首左右的诗，就连接了我生命里超过五十年的时光了。

五十年之间的我，是不断在改变呢还是始终没有改变？

记得在一九九九年春天，第四本诗集《边缘光影》出版，在极为简短的序言里，我曾经斩钉截铁地宣称："诗，不可能是别人，只能是自己。"

我现在也不会反对这句话。可是，我也慢慢发现，在这一生里，我们其实很难以现有之身的种种经验，来为"诗中的那个自己"发言。

是的，诗，当然是自己，可是为什么有时候却好像另有所本？

一个另有所本的自己？

在这本新的诗集里，大部分的作品都写成于二〇〇五年之后，但是，我也特意放进了一些旧作。有的是从没发表过的，有些是虽然发表了却从没收进到自己诗集里来的，因此，这本新诗集就成为一本以诗之名来将时光层叠交错在一起的书册了。

时光层叠交错，却让我无限惊诧地发现，诗，在此刻，怎么就像是什么人给我预留的一封又一封的书信？

时光层叠交错，当年无人能够预知却早已写在诗中的景象，如今在我眼前在我身旁一一呈现——故土变貌，恩爱成灰，原乡与我素面相见……

我并不想在此一一举例，但是，重新回望之时，真是震慑于诗中那些"逼真精确"的预言。是何人？早在一切发生的十年、二十年，甚至五十年之前，就已经为我这现有之身写出了历历如绘的此刻的生命场景了。（是那个另有所本的自己吗？）

原来，五十年的时光，在诗中，真有可能是层叠交错的。

原来，穷五十年的时光，也不过就只是让我明白了"我的不能明白"。

原来，关于写诗这件事，我所知的是多么表面！多么微小！

可是，尽管如此，在今天这篇文字的最后，我还是忍不住想为我这现有之身与"诗"的关联多说几句话，譬如那诗中的原乡。

向溥老师交出的作业"天涯鸿雁几时还，拭泪话阴山"，应该是一九六二年秋天之后的填词习作。一九七九年，我写了一首《狂风沙》，这首诗的最后一段，是这样写的：

一个从没见过的地方竟是故乡
所有的知识只有一个名字
在灰暗的城市里我找不到方向
父亲啊母亲
那名字是我心中的刺

这首诗写成之后的十年，一九八九年八月一日，台湾解除了公教人员不得前往大陆的禁令，我在八月下旬就又搭飞机，又坐火车，又转乘吉普车地终于站在我父亲的草原上了。盘桓了几天之后，再转往母亲的河源故里。然后，然后就此展开了我往后这二十多年在蒙古高原上的探寻和行走，一如有些朋友所说的"疯狂"或者"诡异"的原乡之旅。

朋友的评语其实并无恶意，他们只是觉得在这一代的还乡经验里，我实在"太超过了现实"而已。

我的朋友，我们这一代人，生在乱世，生在年轻父母流离生涯中的某一个驿站，真是"前不着村，后不着店"的，完全来不及为自己准备一个故乡。

我们终于在台湾寻到一处家乡，得以定居，得以成长，甚至得以为早逝的母亲（或者父亲）构筑了一处墓地。所以，在几十年之后，这突然获得的所谓"回乡"，对我们这一代人来说，回的都只是父母的故乡而已。不管是陪着父母，或者只能自己一个人回去，也都只是去认一认地方，修一修祖坟，了了一桩心愿，也就很可以了。朋友说，没见过像我这样一去再去，回个没完没了的。

我自己也说不清楚我为的是什么，所以，只好保持沉默。一直到今年，二〇一一年的春天，我写出了《英雄哲别》《锁儿罕·失剌》，与去年完成的《英雄噶尔丹》一起，放进这本《以诗之名》的诗集里，成为书中的第九辑，篇名定为《英雄组曲》，在那种完成了什么的兴奋与快乐里，我好像才终于得到了解答。

我发现，这三首诗放在一起之后，我最大的快乐，并不在于是不是写了一首可以重现历史现场的诗，更不是他人所说的什么使命感的完成，不是，完全不是。我发现，我最大的快乐是一种可以称之为"窃喜"的满足和愉悦。

只因为，在这三首诗里，在诗中的某些细节上，我可以放进了自己的亲身体验。

我终于可以与诗中的那个自己携手合作，写出了属于我们的可以触摸可以感受的故乡。

靠着一次又一次的行走，我终于可以把草原上那明亮的月光引入诗行。我还知道斡难河水在夏夜里依旧冰凉，我知道河岸边上杂树林的茂密以及林下水流温润的光影，我知道黎明前草尖上的露水忽然会变成一大片模糊的灰白，我知道破晓前东方天穹之上那逼人的彤红，我甚至也知道了一面历经沧桑的旌旗，或者一尊供奉了八百年的神圣苏力德，在族人心中的分量，有多么沉重……

这些以我这现有之身所获得的关于原乡的经验，虽然依旧是有限的表面和微小，可是，无论如何，在此刻，那个名字再也不会是只能躲在我的心中，却又时时让我疼痛的那一根刺了。

靠着不断的行走与书写，当然，还有上天的厚赐，我终于得以在心中，在诗里找到了属于我自己的故乡。这对于许多人来说是天经地义的存在，因而是毫不费力的拥有。可是，对于我这个远离族群远离了自己的历史和文化的蒙古人，却始终是可望而不可即的故乡啊！

原来，我要的就是这个。

经过了这么多年的寻找，我现在终于明白，我要的就是这个。

而且，我还希望能够再多要一些。

我多么希望，能像好友蒋勋写给我的那几句话一样：

"书写者回头省视自己一路走来，可能忽然发现，原来走了那么久，现在才正要开始。"

我多么希望是如此!

我多么希望能如此。

二〇一一年四月廿五日于淡水乡居

一本书的出版，其实是承受着许多的关心和协助。在这里，我要感谢引领我、启发我的师长和朋友，感谢爱护我与支持我的亲人。

还要感谢好友简志忠和他的圆神出版社所有的工作伙伴，更要感谢广岛大学三木直大教授和中央大学李瑞腾教授愿意在百忙中给我指教和鼓励，感谢诗人林文义给我的一篇散文，同时，也要感谢这么多年以来的我的读者。衷心感激，在此深致谢意。

目　录

篇一　执笔的欲望

时光长卷 / 003

执笔的欲望 / 004

一首诗的进行 / 007

明镜 / 011

寒夜书案 / 014

秘教的花朵 / 015

春天的演出 / 016

篇二　最后的折叠

白垩纪 / 021

琥珀的由来 / 023

晨起 / 024

寂静的时刻 / 026

梦中的画面 / 027

别后 之一 / 028

最后的折叠 / 030

纪念册 / 032

小篆 / 033

别后 之二 / 034

篇三 旦暮之间

诠释者 / 037

旦暮之间 / 040

翩翩的时光 / 043

樱之约 / 045

关于"美"以及"美学" / 047

诗的旷野 / 049

篇四 雕刀

雕刀 / 053

恨晚 / 054

别后 旧作 / 055

等待 / 056

偶遇 / 057

淡化 / 059

篇五　雾里

桐花 / 063

眠月站 / 068

孤独的行路者 / 072

独白 / 073

雾里 / 076

篇六　浪子的告白

我的愿望 / 083

昨日 / 084

晚慧的诗人 / 085

恐怖的说法 / 086

呼唤五则 / 088

浪子的告白 / 090

揭晓 / 091

陌生的恋人 / 092

篇七　以诗之名

以诗之名 / 097

胡马之歌 / 100

母语 / 102

封号 / 104

素描巴尔虎草原 / 105

黑骏马 / 108

塔克拉玛干（大陆版从略）

当时间走过 / 109

篇八　聆听《伊金桑》

聆听《伊金桑》/ 113

祖先的姓氏 / 116

梦中篝火（大陆版从略）

因你而留下的歌 / 119

热血青春（大陆版从略）

送别查嘎黎 / 122

"退牧还草"？（大陆版从略）

他们的声音（大陆版从略）

篇九　英雄组曲

英雄噶尔丹（大陆版从略）

英雄哲别 / 129

锁儿罕·失剌 / 142

附录 三家之言

席慕蓉诗有感　三木直大／159

诗就是来自旷野的呼唤　李瑞腾／163

地平线　林文义／178

席慕蓉书目

篇一

执笔的欲望

一生　或許只是幾頁
不斷在修改和謄抄着的詩稿
從青絲改到白髮　有人
還在燈下

　　　　　——〈執筆的欲望〉)辛慕容

时光长卷

谁说绵延不绝？
谁又说不舍昼夜？
其实　我们的一生只是个
空间有限的展示柜

时光是画在绢上的河流

这一生的青绿山水
无论再怎么精心绘制
再怎么废寝忘食
也只能渐次铺开再渐次收起
凡不再展示的
就紧紧卷入画轴
成为昨日

2010. 7. 4

执笔的欲望

——敬致诗人池上贞子

一生　或许只是几页

不断在修改与誊抄着的诗稿

从青丝改到白发　有人

还在灯下

这执笔的欲望　从何生成？

其实不容易回答

我只知道

绝非来自眼前的肉身

有没有可能

是盘踞在内难以窥视的某一个

无邪又热烈的灵魂

冀望　借文字而留存？

是隐藏　也是释放

为那一路行来

频频捡拾入怀的记忆芳香

是痴狂　并且神伤

为那许多曾经擦肩而过　之后

就再也不会重逢的光影图像

是隐约的呼唤

是永远伴随着追悔的背叛

是绝美的诱惑　同时不也是那

绝对无力改变的承诺？

如暗夜里的飞蛾不得不趋向烛火

就此急急奔赴向前

头也不回的　我们的一生啊

请问

还能有些什么不一样的解说？

今夜　窗里窗外

宇宙依然在不停地销蚀崩坏

这执笔的欲望　究竟

从何而来？

为什么　有人

有人在灯下

还迟迟不肯离开？

2009. 1. 7

附注：池上贞子教授是我的诗选集日译本《契丹的玫瑰》（东京
　　　思潮社）的译者。她邀我为此译本写一篇序，我遂以此诗
　　　为序文的开始。

一首诗的进行

——寄呈齐老师

一首诗的进行

在可测与不可测之间

(譬如赴约

有时舟车顺畅而又静定

有时　却是在出发之后

才能发觉　踏上的

怎么会是一条全然陌生的路径)

仿佛已经超越了我们自身的

种种认知　超越了悔恨和怅惘

或者寂寞　或者忧伤

眼前是一片模糊的荒芜

远方　有光

却是难以辨识的微弱光芒

"俱往矣!"　　"俱往矣!"

耳旁　不断有声音低低向我提醒

仿佛要拦阻我的前行

可是　那已经逝去了的一切时刻

不也都曾经分秒不差地

在我们的盼望和等待之中　微笑着

——翩然来临

不也都是　曾经何其真实贴近

可触摸可环抱的拥有

即使成为灰烬　也是玫瑰的灰烬

即使深埋在流沙之下

也是曾经傲人的几世繁华

(生命曾经灿放如花

如一季又复一季永不结束的盛夏)

因而　今夜的我

并非再多有贪求

我只想知道

是什么　还在诱惑着我们

执意往诗中寻去

出现在灯下的这些散乱的文字

究竟　又是由谁在控制

意念初始如野生的藤蔓　彼此纠缠

是忽隐忽现的鹿群　挪移不定

我摸索着慢慢穿过

那些被迷雾封锁住的山林　深处

听见溪涧轻轻奔流跳跃的声音

我的诗也逐渐成形　终于

来到了皓月当空的无垠旷野

才发现

在字里行间等待着我的解读的

原来是一封预留的书信

是来自辽远时光里的

一种　仿佛回音般的了解与同情

（直指我心啊　天高月明
旷野上　是谁让我们重新认识
并且终于相信了
那一个　在诗中的自己）

据说　潮汐的起伏是由于月光
岩岸的剥蚀　大多是来自海浪
而我此刻脚步的迟疑蹒跚　以及
心中欲望的依旧千回百转
能不能　也有个比较简单的答案

是否　只因为
爱与记忆　曾经无限珍惜
才让我们至今犹得以　得以
执笔？

2009.7.31

明镜

——再寄呈齐老师

您曾经说过：时间深邃难测，
用有限的文字去描绘时间真貌，
简直是悲壮之举。

而如今
文字加时间再乘以无尽的距离
遂成明镜
如倒叙的影片　在瞬间
将一切反转
才能含泪了然于所有的必然　以及
一生里的　许多不得不如此的理由

纵使回到最初　面对的
仍是烽火漫天尸横遍野的昨日

可是　镜中与镜前的这个人啊

却怎么也不能否认

系住灵魂免于漂泊的另有一根金线

如文学之贯穿在天堂与地狱之间

有些领会　日夜在心

何等幽微　何等洁净

或许有人会说　只因为在那时

生命曾经是

何等不可置信的美好与年轻

其实　明镜既成

您就无需再作任何的回答

这一泓澄明如水的鉴照

正是沉默的宣示　向世界昭告

历经岁月的反复挫伤之后

生命的本质　如果依然无损

就应该是　近乎诗

附注：8 月 27 口在《联合报》副刊发表的《一首诗的进行》，由于没有先给齐邦媛教授过目，所以未敢加注。想不到发表之后，齐老师竟来电话相询："这首诗是写给我的吧?"果然，诗心其实难以掩藏，得此肯定，我欣喜万分。当下征得齐老师的同意，以后收入诗集时，可以加上一个小标题"寄呈齐老师"。因此，今天的这一首，就是"再寄呈齐老师"了。两首新诗，都是读了齐老师的《巨流河》之后写成的。

2009. 10. 6

寒夜书案

夜深了，终于不得不离开书桌。

站在门边，关灯之前，她又不舍地回头再看了一眼。

散置在桌面上的，是新买来的几本书册，和从前搜集到的一些绝版旧书参差地堆叠在一起，灯下，笔记簿是翻开的，纸页间光影灿然，满满记下的都是她心中的触动；这是一个多么迷人的世界，好像可以无止无尽地往前行去，而一切还都如往常……

是要在这样的瞬间才能猛然看见生命里的执迷不悟吧。

灯熄之后，掩上了书房的门，她一个人站在寒夜里不禁轻笑出声，在心中自问："嘿！都什么时候了，你还在继续培养着这个自己吗？"

是的，她是有这么一个渴望要变得更好的自己，终生执迷，浑然不知天色已深暗而来日苦短。

2009. 12. 29

秘教的花朵

诗的秘密在于出走或者隐藏

集中所有的意念于笔尖　然后

背道而驰

不可能再停留在原地

也并非为了去取悦于你

那魅惑

如薰香蜜蜡雕琢出的秘教的花朵

来自灵魂所选择的信仰

似近又远　仿佛是自身那幽微的心房

时而　又仿佛是那难以触及的

渺茫的穹苍

2010. 11. 13

春天的演出

这其实并不容易啊！想想看

要在暗中准备了多久多久以后

才能够　在灯光亮起之时

站上一个比较显眼的位置

开始绽放　梦想中的一切骚动

可是　好像反而听不见自己的台词

只瞥见出口处　布幔因风而起

有模糊的背影相继离去

什么？就到此为止了吗？

我回身追问藏在幕后的导演

在灯光全灭之前我只来得及看见

他流着泪　说：

是的　这就是在瞬间已成为昨日的

我们全体……

2007. 3. 21

篇二　最后的折叠

彷彿有青鳥引路
有花香伴著我們登岸
豐饒的叢林
就在前面延展著綠色的濃蔭
生命莫如
一個剛剛開始的夢境

——〈晨起〉席慕蓉

白垩纪

我所知的　并非

我这一生所能尽言

只为时光转换记忆败坏

如星辰的陨落

如万物的自然生灭

我们难以目测这变化的进展

是何等安静又何等缓慢

眼前　却终于是覆盖一切了

今夜如果再来向你说些什么

恐怕都已太迟太晚

唯有这刚刚滴落的泪水炙热如昨

提醒我确实曾经深深地爱过

还需要写诗吗？

此刻已是拥挤的白垩纪

想那熔岩喷涌云雾蒸腾的青春

又何曾给我们留下只字片语

2005. 12. 27

琥珀的由来

在黑暗中　我开始

重新回想

那些芜杂的光影

那些片刻的欢娱　曾经

如何映照过

松脂静静溢出的泪滴

沉埋之后　光泽与芳香依旧

这不肯消失的印记　我爱

就是琥珀的由来

2003. 7. 3

晨起

——给 H·P

仿佛有青鸟引路

有花香伴着我们登岸

丰饶的丛林

就在前面延展着绿色的浓荫

生命美如

一个刚刚开始的梦境

而我是那个衷心感激的女子

醒来之后　　发现

你依然在我身旁

静静的衾枕间

一如梦中静静的湖面

漂浮着青草的芳香

窗外　曙光微凉

1986.11.5

寂静的时刻

是完全的寂静了
昨日遂纷至沓来
却噤声不语　不怀好意地等待
那泪水的迟迟出席

多年前写下的诗句
如今都成了隐晦的梦境
恍如雾中的深海
细雨里的连绵山脉

只记得几句——

即使是再怎样悠长的一生啊
其实也只能容下　非常非常
有限的　爱

2009. 12. 25

梦中的画面

在旅途上梦见了他，我们一起回家……
他在我的梦中回来，检视门窗，一如往常。探看
孩子的房间，关心他们是否都已入睡，好像我们
的孩子还在童年，我们的婚姻还正绵长。

梦中，无风也无雨，时光静止，只剩下清晰而又
洁净的画面，无声地显现……

2009. 6. 12

别后 之一

至今　还会不时回身寻你
忘了你已离去　然后
就这样静静地停顿片刻
让疼痛缓慢袭来
想着　原本有什么话要对你说
如果你还在

(如果你还在　我要对你说些什么?)

别后　别后
谁能思无悔　谁能歌无忧
尽管这一切都非我所能左右
一生再长一生再久　现在才明白
也不过就是一次匆忙的停留

从此只有寂寞前来与我偕行

只是很想告诉你

所幸　你的青春你的跋涉你的梦

还居留在我的深心

2009. 12. 11

最后的折叠

已各在岸的一方

晓梦将醒未醒之际

空留有淡淡的玫瑰花香

我爱　时间是如此将我们分隔

简易决绝　直如一纸之对折

外侧是全然的翻转与隐没　不留余地

内里是更为贴近的爱抚与呼吸

不可思议　这人生的布局

如曾经极为熟悉却再也无法想起的旋律

如居住了半生却从此消失的城郭

而岁月忽忽已晚　有人犹在觅路关山

却仿佛还见你唇角那年轻狡黠的笑意

远处林间有些什么闪动着丝绸般柔滑的光芒

是一株黄玫瑰正在我们初识的那个夏日徐徐绽放

远处林间有些什么闪动着丝绸般柔滑的光芒

却仿佛还见你唇角那年轻狡黠的笑意

而岁月忽忽已晚　有人犹在觅路关山

如居住了半生却从此消失的城郭

如曾经极为熟悉却再也无法想起的旋律

不可思议　这人生的布局

内里是更为贴近的爱抚与呼吸

外侧是全然的翻转与隐没　不留余地

简易决绝　直如一纸之对折

我爱　死亡是如此将我们分隔

空留有淡淡的玫瑰花香

晓梦将醒未醒之际

已各在岸的一方

2010. 10. 10

纪念册

他总是站在记忆中的窗边

在第一页

在最早的时刻

在所有的

诗句

之前

2008. 7. 27

小篆

是的　这一路行来

所有的悸动都已沉埋

无论是黎明或是黑夜都永不重回

故土变貌　恩爱成灰

只剩下诗行间的呼唤与追悔

无奈　有人今夜还迟迟不睡

据说是要写给明日的留言

只是　灯下

用新开的笔锋细细描成的篆字

却已泪痕斑斓

任谁都无从辨识

2009.1.5　凌晨

别后 之二

原来
用整整的一生来慢慢错过的
竟是我们这唯一仅有的
整整的一生啊!

别后
方
知
。

2010. 10. 18

篇三 旦暮之间

在詩的曠野裡
不求依附　不去投靠
如一匹離群的野馬獨自行走
其實　也並非一無所有

　　　　——〈詩的曠野〉席慕蓉

诠释者

——给诗人陈克华

遇　有时也饱含着不遇

那一个夜晚　在海边的花莲

(是比二十年还要更早一些吗?)

在月光筑成的暗影里　远远站立

始终不肯向我们近前一步的

是那个静默的　骑鲸的少年

我其实也是明白的　一如

诗人所说　一个人真好的那种感觉

他说:"像稀薄的白昼

其实,饱含着夜"

还要向诗人多求些什么呢?

他已经给了你　他最好的诗

我其实也是同意的　不遇

也饱含着遇　重叠反复

以时光所累积的枯寂　或者丰美

譬如　一次在早餐桌上的阅读

使我能与诗人同行

走进幽深小径　他说："想必可能

方才雨过　不过已无迹可寻"

独有那神情怯怯而清淡的阳光

却与我一再重逢　在山路上

在新叶初发的樱树林间

（何等美好的孤独！）

一如　在他的诗中

还要向诗人再多求些什么呢？

他已经给了你　他最好的诗

那是　在一切遇与不遇之间的

最深的关怀

最最冷静的诠释

2006. 10. 25

旦暮之间

——给晓风

当绳结再不足以记事之时

我们遂拾起甲骨

用心描刻出细细的纹路

旭日刚离地而起是　旦

夕阳在草丛中倦极欲眠是　暮

旦暮之间　我们还要

卜牛羊的凶吉　问出行的方向

求一季和一世的满与足

(所有文字的开始　不就是

为了指认　描述　记忆

不就是　为了

在多年之后

唤醒那个或许已经遗忘了一切的自己）

旦旦暮暮　时光反复

书写和阅读既是如此古老的盟约

那一刻　在灯下在纸页间合而为一的

想必就是

我们终于复活了的生命与感觉

这重新相遇的狂喜　如火焰般燃起

种种莫名的骚动与刺痛啊

不知从何处奔来又将往何方散去

（仿佛重回那初初造字时的纯真岁月

犹见那无垠的苍穹与大地　流逝着

夏之洪川　冬之雨雪……）

爱慕的生发其实也难以预设

是的　我只是依然记得

初次翻读你时的那种撞击

这么多年都已经过去了

我只是一直记得　记得……

惊诧于何以有人如你

还在注记这深藏着的悲欢聚散

还在细述　这明知徒劳

却又坚持绵延着的万物生灭

寸心的闪烁何以能光照四野

旦暮之间　何以有人如你

还在　从容书写

2010. 3. 22

翩翩的时光

——给 L

时光翩翩　在明与暗的边缘回旋

彩翼华美而又纤细

是你　是你万般不舍的记忆

是含泪的别离……

离别后

是谁在远远辨识着你的悲伤你的成长

你却梦见自己的每一举手投足

镜中仿佛都有她的回眸顾盼

是不是　母亲的所有愿望

都会在孩子的生命里重新显现

是不是这永不终止的彼此寻索

才能成就爱与美的绵延

翩翩的时光　去又复返
在你的心中　在你的舞台之上啊
将灯火　重新点燃

2009. 11. 19

樱之约

——给幸芳

一朵樱花在手　拈在你

两指微合之处

恐怕　这就是最好的位置了

可以彼此细细端详　是否

别来无恙

这画展　展的是一整座山的

樱花　画里的光影挪移

还带着草木柔细芬芳的香气

谁人能与樱订约呢

除非　她是来自敦煌的女子

千年之前　就曾经手执画笔

在春日的岩壁上

画出你们之间

无限幽微的　心事

2009. 8. 28

关于"美"以及"美学"

为了要引领我们了解整个案情

他们发誓要皓首穷经

(在睡前的灯下放一本吧,

据说这会让你的灵魂平安。)

其实　我不认为他们知道

只是不能明说

(嘘!无知在现代是一种罪恶。)

而最让我快乐的就是

我们从开始就什么也不知道

虽然　他们还是坚持要把

审讯的经过出版

仿佛这样就可以否认——

美　依然是逃犯

在两千年的通缉里　从未到案

1988. 1. 17

诗的旷野

——给年轻的诗人

文字并非全部

生活也不是　我们其实

不需要逼迫自己

去证明这一生的意义和价值

在诗的旷野里

不求依附　不去投靠

如一匹离群的野马独自行走

其实　也并非一无所有

有游荡的云　有玩耍的风

有潺潺而过的溪流

诗　就是来自旷野的呼唤

是生命摆脱了一切束缚之后的

自由和圆满

2006. 5. 16

篇四

雕刀

時光是畫在絹上的河流

——〈時光長卷〉席慕蓉

雕刀

——给立雾溪

纵然　你已去远
想此刻又已隔了几重山
我依然停顿在水流的中央
努力回溯　那刚刚过去的时光

想你从千里之遥奔赴到我的身边
原也只为了这一刻的低回和缱绻

从云到雾到雨露　最后汇成流泉
也不过只是为了想让这世界知道
反复与坚持之后
柔水终成雕刀

1988

恨晚

——过太鲁阁砂卡礑步道

我的前身　本是高温的熔岩
胸怀间有着谁也无法扑灭的熊熊烈焰
而你来何迟啊　你来何迟

在亿万年之后　此刻的我
只能是一块痉挛扭曲形象荒谬的顽石
如你所见
只能是一部过往沧桑的记录
只能是一种　凝固了的
具象的痛苦

1988

别后　旧作

可能吗　我们佯装从未相识
如流放的人试图遮掩黥首的字

可能吗　我们重回无怨无惊的岁月
如刺客洗去刀刃上沾过的血

可能吗　当夜晚来临
或是繁星满天或是山中正逢月圆
我如何能抑止那仰望的心

在高高的天空上
每一朵飞驰的云都可能是回顾的你
正在向峡谷最深的暗影里
搜寻　我的踪迹

1988.6.6

等待

如果昨天的河流是一首
长长的咏叹调
我就是
那一直在河心埋伏着的低音

而此刻的你　正在那一处密林间
慢慢苏醒　空气中
有一种潮湿而又温热的记忆
如藤蔓般攀援牵扯
即使你一时无法将我想起　这也无妨

时光悠长　等待已将我化为巨石
就守候在
你将要经过的流域　不曾稍离

1988

偶遇

灯下　翻开陌生的书页

初时一切平淡平静

只觉得亲切易懂

(仿佛是年少时的课本

又仿佛是一阵清冽的风)

几句之后　猝不及防的意象

如冰山从暗夜的海面森然显现

无比的巨大与冷酷

其中深藏着你一生的憾痛

恍如对镜

是何其迟来何其悔之不及的苏醒

只能这样　也就是这样了

你只是从此记住了一个诗人的名字

记住了他的一首诗　记住了

你读诗的这一刻　一如

记住这夜的窗外

曾经有过微微透明的月色

2010. 5. 12

淡化

那么，就是这样了，到了最后，又回复到原始的静寂。

有什么事情发生过吗？有什么声音呼唤过吗？到此刻，连回音都已消逝，雾气迷漫，没有人能看得更远。我只好返回最初始的混沌，把自己逐渐缩小成一个句点。

周遭的世界在雾散之后也许又会重新开始，我们的故事却终于到此结束。在灰白空茫的水面上，一切过往的沧桑也都淡化成灰白和空茫。

1988

篇五 雾里

繁花落盡，我心中仍留有花落的声音，一朵、一朵，在無人的山間，輕輕飄落。

　　　　　—〈桐花〉席慕蓉

桐花

四月廿四日

长长的路上，我正走向一脉绵延着的山冈。不知道何处可以停留，可以向他说出这十年二十年间种种无端的忧愁。林间洁净清新，山峦守口如瓶，没有人肯告诉我那即将要来临的盛放与凋零。

四月廿五日

长长的路上，我正走向一脉绵延着的山冈。在最起初，仿佛仍是一场极为平常的相遇，若不是心中有着贮藏已久的盼望，也许就会错过了在风里云里已经互相传告着的，那隐隐流动的讯息。

四月的风拂过，山峦沉稳，微笑地面对着我。在他怀里，随风翻飞的是深深浅浅的草叶，一色的枝柯。我逐渐向山峦走近，只希望能够知道他此刻的心情。有模糊的低语穿过林间，在四月的末梢，生命正在酝酿着一种芳醇的变化，一种未能完全预知的骚动。

五月八日

在低低的呼唤声传过之后，整个世界就覆盖在雪白的花荫下了。

丽日当空，群山绵延，簇簇的白色花朵像一条流动的江河。仿佛世间所有的生命都应约前来，在这刹那里，在透明如醇蜜的阳光下，同时欢呼，同时飞旋，同时幻化成无数游离浮动的光点。

这样的一个开满了白花的下午，总觉得似曾相识，总觉得是一场可以放进任何一种时空里的聚合。

可以放进诗经，可以放进楚辞，可以放进古典主义也同时可以放进后期印象派的笔端——在人类任何一段美丽的记载里，都应该有过这样的一个下午，这样的一季初夏。

总有这样的初夏，总有当空丽日，树丛高处是怒放的白花。总有穿着红衣的女子姗姗走过青绿的田间，微风带起她的衣裙和发梢，田野间种着新茶，开着蓼花，长着细细的酢浆草。

雪白的花荫与曲折的小径在诗里画里反复出现，所有的光影与所有的悲欢在前人枕边也分明梦见，今日为我盛开的花朵不知道是哪一个秋天里落下的种子？一生中所坚持的爱，难道早在千年前就已是书里写完了的故事？

五月的山峦终于动容，将我无限温柔地拥入怀中，我所渴盼的时刻终于来临，却发现，在他怀里，在幽深的林间，桐花一面盛开如锦，一面不停纷纷飘落。

五月十一日

难道生命在片刻欢聚之后真的只能剩下离散与凋零？在转身的那一刹那，桐花正不断不断地落下。我心中紧系着的结扣慢慢松开，山峦就在我身旁，依着海潮依着月光，我俯首轻声向他道谢，感谢他给过我的每一个丽日与静夜。由此前去，只记得雪白的花荫下，有一条不容你走到尽头的小路，有这世间一切迟来的，却又偏要急急落幕的幸福。

五月十五日

桐花落尽，林中却仍留有花落时轻柔的声音。走回到长长的路上，不知道要向谁印证这一种乍喜乍悲的忧伤。周遭无限沉寂冷漠，每一棵树木都退回到原来的角落。我回首依依向他注视，高峰已过，再走下去，就该是那苍苍茫茫，无牵也无挂的平路了吧？山峦静默无语，不肯再回答我，在逐渐加深的暮色里，仿佛已忘记了花开时这山间曾有过怎样幼稚堪怜的激情。我只好归来静待时光逝去，希望能像他一样也把这一切都逐渐忘记。可是，为什么，在漆黑的长夜里，仍听见无人的林间有桐花纷纷飘落的声音？为什么？繁花落尽，我心中仍留有花落的声音。

繁花落尽，我心中仍留有花落的声音，一朵、一朵，在无人的山间轻轻飘落。

1984 年初夏结绳记事

眠月站

有情所喜，是险所在，有情所怖，是苦所在，当行梵行，舍离于有。

——自说经难陀品世间经

1

从来没有想到会有这样寂静的山林。

从来也没有想到，会有这样寂静这样无所欲求的心情。

原来我们可以从流走的岁月里学到这么多的东西。

虽然时光不再！时光已不再！

2

是雨润烟浓的一天，森林中空有这两汪澄明如玉的潭水，空有这水中深深浅浅的倒影，空有这湿润沁凉的芳香。

而轻轻涌来的云雾使近在咫尺的山林也只能有着模糊的面容，一如那模糊的背影曾经怎样盘踞在我的心中。

3

小径的两旁漫生着野花，细致的草本是一些细致而又自足的灵魂。

为什么只有我们要苦苦地在书页里翻寻？

为什么只有我们要在暗夜里独自思索，思索那永不可知解的命运？

为什么我不能只是一株草本的花朵，随意漫生在多雾多雨的山坡？

4

为什么一定要来印证那已经改变了的心情？为什

么一定要来探求那从来也没能留下的结论？

雾在林间流动，整座山峦都静卧在雾色之中，我在眠月站前停了下来。

苍老的火车站也在雾里。铁轨依旧，月台依旧，远处隐隐有汽笛声传来，那天下车的时候，曾经有过怎样慌乱的快乐啊！

而时光不再！时光不再！

5

火车站寂寞地伫立在雾里，站旁被大火烧毁的废墟中有人又重新在起高楼，可是，那被时光所焚烧尽了的日子，也能重新回来吗？

在深夜的旅舍里，我一张又一张地检视着白日里写生的成绩，仿佛在一段冷酷而又安全的距离里省察着我深心处的思想，省察着那不断要从雾里云里山林里重新向我奔回的少年时光。

6

从来没有想到我能画出这样寂静的山林。从来没有想到，我终于能够得到这样一种寂静而又无所欲求的心情。

古老的奥义书上是这样说的——显现与隐没都是从自我涌现出来的。所以，正如那希望与记忆一样，在我终于明白了的时刻，才发现，从你隐没的背影里显现出来的所有诗句，原来都是我自己心灵的言语。

所有的一切都是来自领悟了的自我。

于是时光不再！时光终于不再！

1984

孤独的行路者

生命原来并没有特定的形象，也没有固定的居所，更没有他们所说的非遵循不可的规则的。

艺术品也是这样。

规则只是为了胆怯与懒惰的行路者而设立的，因为，沿着路标的指示走下去，他们虽然不一定能够找到生命的真相，却总是可以含糊地说出一些理由来。

那些理由，那些像网目一样的理由使人容易聚合成群，容易产生一种自满的安全感。

但是，当山风袭来，当山风从群峰间呼啸而来的时候，只有那孤独的行路者才能感觉到那种生命里最强烈的震撼吧？

在面对着生命的真相时，他一生的寂寞想必在刹那间都能获得补偿，再长再远的跋涉也是值得的。

1985

独白

1

把向你借来的笔还给你吧。

一切都发生在回首的刹那。

我的彻悟如果是缘自一种迷乱，那么，我的种种迷乱不也就只是因为一种彻悟？

在一回首间，才忽然发现，原来，我一生的种种努力，不过只为了要使周遭的人都对我满意而已。

为了要博得他人的称许与微笑，我战战兢兢地将自己套入所有的模式，所有的桎梏。

走到中途，才忽然发现，我只剩下一副模糊的面目，把向你借来的笔还给你吧。

2

把向你借来的笔还给你吧。

他们说，在这世间，一切都必须有一个结束。

不是所有的人都能知道时光的涵义，不是所有的人都懂得珍惜。太多的人喜欢把一切都分成段落，每一个段落都要斩钉截铁地宣告落幕。

而世间有多少无法落幕的盼望，有多少关注多少心思在幕落之后也不会休止。

我亲爱的朋友啊！只有极少数的人才会察觉，那生命里最深处的泉源永远不会停歇。这世间并没有分离与衰老的命运，只有肯爱与不肯去爱的心。

涌泉仍在，岁月却飞驰而去。

把向你借来的笔还给你吧。

3

把向你借来的笔还给你吧。

而在那高高的清凉的山上，所有的冷杉仍然都继续向上生长。

在那一夜，我曾走进山林，在月光下站立，悄悄说出，一些对生命的极为谦卑的憧憬。

那夜的山林都曾含泪聆听，聆听我简单而又美丽的心灵，却无法向我警告，那就在前面窥伺着的种种曲折变幻的命运。

目送着我逐渐远去，所有的冷杉都在风里试着向我挥手，知道在路的尽头，必将有怆然回顾的时候。

怆然回顾，只见烟云流动，满山郁绿苍蓝的树丛。

一切都结束在回首的刹那。

把向你借来的笔还给你吧。

1984

雾里

●

我仿佛走在雾里。

我知道在我周遭是一个无边无际辽阔深远的世界，可是我总是没有办法看到它的全貌，除了就在我眼前的小小角落以外，其他的就都只能隐约感觉出一些模糊的轮廓了。

我有点害怕，也有点迟疑，但是也实实在在地觉得欢喜，因为，我知道，我正在逐渐往前走去。

因为，在我前面，在我一时还无法触及的前方，总会有呼声远远传来。那是好些人从好些不同角落传来的声音，是一种充满了欢喜与赞叹的声音，仿佛在告诉我，那前面的世界，那个就在我前面可是我此刻却还无法看到的世界，在每一峰回路转的地方，有着怎样令人目眩神迷不得不惊呼起来的美景啊！

我羡慕那些声音，也感激那些正在欢呼的心灵，是他们在带引和鼓励我逐渐往前走去。当然，因为是在雾里，也因为路途上种种的迟疑，使我不一定能够到达他们曾经站立、曾经欢呼感动过的地方。在我的一生里，也许永远都冲不破这层浓雾。也许永远都找不到可以通往他们那种境界里的路途，但是，因为他们看见过了，并且在欢呼声里远远传告给我了，我就相信了他们，同时也跟随着他们相信了这个世界。

●

雾里有很多不同的声音。

这个世界也有很多不同的面貌和不同的命运。

我想，生命里最吸引人的地方就在它的不同和它的相同，这是怎样的一种无法分离的矛盾！

我知道在我周遭的人都和我完全不同。不管是肤色种族，还是浮沉境遇，从极大的时间空间到极小的一根手指头上的指纹，都无法完全相同，每一个人都是一个绝对分离绝不相同的个体。

可是，我又知道在我周遭的人都和我完全相同。我们在欢喜的时候都会微笑，在悲伤的时候都会哭泣，在软弱的时候都渴望能得到慰藉。我们都深爱自己幼小的子女，喜欢盛开的生命，远离故土的时候都会带着那时深时浅的乡愁。

因此，在那些远远传来的声音里，总有些什么会触动了我们，使我们在一刹那里静止屏息，恍如遇到了千年中苦苦寻求的知己。

在那如醉如痴的刹那，我们心中汹涌翻腾的浪涛也会不自觉地向四周扩散，在雾里，逐渐变成一片细碎的远远散去的波光。波光远远散去，千里之外，也总会被一两个人看见而因此发出一两声轻轻的叹息吧？而那叹息的回音也许还会在更远更远的山谷里起了更轻微的回响吧？

如果真有一个人是超越这一切的，如果真有人能够看到每一种思想每一段历史的来龙去脉，那该是怎样迂回转折、细密繁复的图象？

●

这个世界好大啊！路这样长，生命这样短暂，浓雾又这样久久不肯散去，那么，要怎样才能告诉你，我已经来过了呢？

要怎样才能告诉你，我的极长又极短的一生里种种无法舍弃的贪恋与欢爱？

我并不清楚我在做的是什么，可是，我又隐约地觉得，我想要做的是什么，而在这一刻，一切非得要这么做不可！

这就是我在多雾的转角处忽然停留了一会儿的原因了。心里有些话，想说出来。也许不一定是为了告诉你，也许有些话只是为了告诉自己。在模糊而彷徨的思绪里找到一根线索，赶快吧！赶快把它抽出来，记起来，想办法用自己以后可以明白的字句把它形容出来，然后才可能变成一个具体的形象，才可能把它留在那个多雾的转角，才可能在一定的距离之外，仔细地观望察看。才发现，原来真正的我竟然是藏在这样陌生的形象里面，不禁在莞尔之时流下了泪水。

然后，才能转身继续向前走去。留在身后越来越浓的雾色里的那些作品，当然是我为了生命里某一个转折而留下的纪念，那里面当然有我留下的诚挚的心，可是，在你看到的时候，它已经不能完全代表我了。

因为，你与我再怎样相同，也不能完全看懂我的心。更何况，在我往前走去的时候，我也在雾里逐渐改变了自己的面貌，我也不再能是更不再愿意是那从前的我了。唯一能让你辨识出来并且在忽然间把我想起的，可能也只有那些从远远的角落里传来的，似曾相识充满了欢喜与赞叹的声音了吧？对你来说，我是来过了，而只有我自己才知道，那一个我，并不是完完全全的我。

因为，此刻的我，又已在千山之外了。

1985

篇六　浪子的告白

繫住靈魂免於漂泊的另有一根金線
如文學之真實在天堂和地獄之間

——〈明鏡〉小章基督

我的愿望

不希望　我爱的诗人
最后成为一间面目模糊的
小杂货铺
也不希望他成为　一本
众人推崇的　百科全书

我只希望
他能依照着生命的要求去成长
开自己的花　结自己的果

在阳光下
或者长成松　长成柏
或者　长成为一株
在高高的岩岸上正随风摇曳的
瘦削的　野百合

2005.4.5

昨日

不知　她躲在什么地方
细细地妆点着自己

我的今天　从不想和我见面

总是要等到过了明天
又再过了明天　之后

当暮色层层下降
在路边一间亮着灯的小客栈里
她才微笑着姗姗前来
带着花香带着溪水带着阳光
与我把酒言欢　让我含泪
惊艳

2005.4.5

晚慧的诗人

如果

想要把一天

或者七日都全部荒废

可以去

试着写一首诗

不过　如果

想要让一生都不会后悔

今夜　她才敢说

除了写诗　恐怕

也没有别的更好的方式

2010. 10. 31

恐怖的说法

诗　是何等奇怪的个体

出生之后　就会站起来　走开

薄薄的一页　瘦瘦的几行

不需衣衫　不畏冻饿

就可以自己奔跑到野外

（甚至　只要有几句

写到谁的心里面去了　就可以

从商周到隋唐

一直活到所谓的当代）

有一种恐怖的说法：

诗继续活着　无关诗人是否存在

还有一种更恐怖的说法是——

要到了诗人终于离席之后

诗

才开始真正完整地

显露出来

2009. 12. 17

呼唤五则

1

无论是追念或怀想，今日是何人，
他日也将是何人。
呼唤与被呼唤的，原是相同的悔之不及的灵魂。

2

我们的灵魂究竟有没有老去，其实是非常私密的
事，不可张扬，也无须向谁解释。

3

昨日其实近在咫尺。
以时光堆积而成的距离，其实并非真相，只是月

迷津渡。

4

还能凭借着什么来辨认这颗曾经因你而悸动过的心?
除非等待，等待界限消除。
等待你在洪水之后的临近。

5

只因那一条河流在时光中蜿蜒而过，
而你，你永远站在苍茫的对岸。

2004. 12. 12

浪子的告白

何等奢华又荒凉的一生啊！

散尽的　岂止是万贯家财
当最后
我们只能在记忆中不断确认
彼此的　曾经相爱

2009. 3. 9

揭晓

可是

你还是要再耐心等待

等又隔了许多许多年之后

有一天它忽然对我袭来

仿佛是一阵山雨忽然前来洗净草木的灵魂

要到了那个时候　我们才能知道

我是不是已经将它永久保存

要到了那个时候　我们才能确定

此刻的你在夏夜里低首回身之际那淡淡的香气

是不是　已经从此进入了

我最深最深的　记忆

1989. 3. 22

陌生的恋人

在中途与你相遇　在中途

与你别离　陌生的恋人啊

我该如何感谢这时光殷勤织网

逐日远离创伤

既让我们静静复归于陌路

又在我心中留下了一幅

绝美的　回忆地图

(听啊！听那风声穿过旷野，

记不记得你是用哪一首歌来向我道别?)

据说夜空浩瀚　有些光源自成星球

有些特定的时刻自成一个运转的宇宙

失去了你的悲伤　将来或许可以

一字　句写成诗行

得到过你的那种狂喜却要如何提笔

仿佛五月里　同时在南方与北地

山林高处一夜之间千万株杜鹃欣然盛放

是无法形容的和谐与温暖

无法描绘的　光华灿烂

（听啊！听那风声渐渐远去，

时日纷纷凋零何其迅疾　此刻万籁俱寂。）

万籁俱寂

只有我的心还在悄然自问

究竟有没有真正试过　去了解你

一如海洋那样反复不断试探着

去碰触陆地

别了　我陌生的恋人

如今已是降雪的季节

愿你此去一路平安不受惊扰不沾风寒

在路的尽头　或许还能再相逢

我曾经深深爱恋过的陌生人啊

愿你　愿你此去多珍重

2010. 5. 12

篇七 以诗之名

詩的秘密在於出走或者隱藏
集中所有的意念於筆尖　然後
背道而馳」

　　　　　—〈秘密的花朵〉席慕蓉

以诗之名

以诗之名　我们搜寻记忆

纵使　一切都已是过去了的过去

在溪流的两岸　目光迂回之处

毕竟有人曾经深深地爱过

稍早如拓跋鲜卑　更远如戎狄

这里原是千万株白桦的故居

有巫有觋　在暗夜里一一点燃的篝火前

击鼓高歌　齐声颂唱

以诗之名　呼求繁星

其旁有杜鹃　盛开如粉紫色的汪洋

秋霜若降　落叶松满山层叠金黄

而眼前的湿润与枯干　其实

同属时光细细打磨之后的质感

所谓永恒　原来就在脚下

是这林间何等悠久又丰厚的腐殖层

仿佛我们的一生　总是在等待

何时　何人（他会不会踏月而来？）

以诗之名　重履斯地

以沙沙作响的跫音逐步深入

好将洞穴里沉睡着的昨日

（那所有的百般不舍的昨日啊！）

轻

轻

唤

醒

是的　一切都已是过去了的过去

（为什么还让我如此痴迷？）

以诗之名　我们重塑记忆

在溪流的两岸　我与你相遇之处

毕竟　有人曾经深深地爱过

或许是你

或许只是我自己　而已

2008. 3. 31

胡马之歌

——唐，韦应物有词写胡马

为什么会在历史里迷途

在暮色中张望着回家的路

踌躇在黄沙与白雪之上

胡马啊　胡马

有谁能缓解你的悲伤？

空留那孤独的嘶鸣在诗中

千百年来　又有谁能忘怀？

祁连山　焉支山

如今都还在

胡马啊　胡马

而我们的故乡呢？

那曾经芳草遍野的故乡

她何时已匆匆离去？

不知何年何月　才能归来？

2009. 9. 9

母语

——写给蒙古国诗人巴·拉哈巴苏荣

你是何人　可以

在自己的土地上

指日就是日　指月即是月

音韵天成　字词精确

你是何人　可以

毫不知觉地领受着祖先赏赐的福分

从容探索　每一处山川

每一棵草木的灵魂　可以

如此坦然享用　一整个族群

在时光的洪流里

为你披沙拣金而成的语言和文字

可以　一生都用母语来写诗

从母亲怀中接受的

是生命最珍贵的本质

而我又是何人啊

竟然　竟然任由它

随风而逝……

2009. 9. 3

封号

原该也是　我们　的我们
何时成了被都市驱离
去之而后快的　你们?
最后　又成为在深山里
不肯撤走的　他们?

这些封号
将我们的心越推越远
让亡魂也难以瞑目
没听见吗?
有声音一直在追问

那人究竟是谁的国王?
这里究竟是谁的国土?

2009.8.24　"八八风灾"后记

素描巴尔虎草原

在我眼前

薄薄的

几公分

泥土却是

逐季逐年

逐世

逐代的

逐层堆叠

不离

不弃却又

在逐日

变易

年年青

草铸绵延

几万平

方公里

收藏了

多少阳光

多少环

壩雨雪

还有多少

不断珊重

复的玦

悲欢情节

天苍苍驼

野铜茫茫

是永世锥

不忘的

割裂镞

创伤是

我们璃瞪

巴尔虎人

的热血马

原乡直
到永生的
腾格里
垂怜直到
地老天荒

2010. 5. 14

黑骏马

在横越草原的路途中

一弯溪涧

极尽蜿蜒曲折地流动着

却并不能知道这流动的目的

在前方的地平线上

已经走远了的那个我们深爱的诗人啊

骑在黑骏马的背上

所吟诵的诗篇　　最起初

应该也只是为了

一个　　极为孤独的自己而已

2005. 8. 13

当时间走过

——给一个龟兹女子

当时间走过　其风猎猎

覆灭仅存的模糊记忆使昨日土崩瓦解

其实没有什么好担忧的

在生命的内里　不是还有许多

继续延展着的细微线索

以祖先的容颜　来将你形塑

当时间走过　其声簌簌

如狼群之迅疾穿越秋日枯黄的草原

其实没有什么好害怕的

远古之前

岩壁间不是早已有人刻凿出温柔的箴言

预告我们必将会是自己之所是

必将　归属于自己之所属

如万物之自有其名

自有其曾经上苍允诺的梦土

自有其　历经千年离散千里辗转

犹能循旧路而回返的　来处

遂使你　伫立在克孜尔石窟

那满墙色泽斑斓线条流动的飞天之间

如遇故人　喜极而泣

2009.3.30

篇八

聆听《伊金桑》

生命曾經燦放如花
如一季又復一季永不結束的盛夏

　　　　　　　　　一〈一首詩的進行〉席慕蓉

聆听《伊金桑》

我在极其精微细小之处

我也在浩瀚无比的穹苍

我在晨曦穿射过窗棂的光束间

我也在夕阳返照金色大殿的暮霭旁

我在长明灯跳跃的火焰之巅

我也在香烟缭绕缓缓上升的地方

我在达尔扈特世代虔敬的诵念声里

我也在无垠的旷野　听见

有孤独的牧者轻轻吟唱

是的　八百多年以来

我一直活在　每个高原子民的心上

我是奔腾的骏马

我是蓝天的长风

我是你们在冰雪里的坚持和傲岸

我是你们在沧桑中的隐忍与从容

我是你们澄明光耀的喜悦

我是你们最深最暗的疼痛

我是你们永不背弃的信仰啊

是的　如父如君如神祇

我一直温暖地活在　你们的心中

附注：2010 年 8 月中旬，有幸在内蒙古伊金霍洛盘桓数日。在供
奉圣祖成吉思可汗的宫帐前，19 日晨间及傍晚得以跪聆达
尔扈特唱颂《伊金桑》（圣祖祭词）深有所感，只觉信心
充满，遂匆匆在笔记本上记下数句，归来写成此诗，定稿
于 12 月 3 日。
同年 12 月 24 日，又将此诗改写成歌词如下：

在冰雪里　我们传承了你的坚持

在沧桑中　我们学会了你的从容

你是永恒的苍天之子

你是举世无敌的英雄

在创伤里　我们传承了你的隐忍

在喜悦中　我们学会了你的感恩

你是我们光明的信仰

你是我们傲岸的灵魂

聆听《伊金桑》　诵念《伊金桑》

在孤独的牧野　在华美的殿堂

朝夕之间　总有人在虔诚诵唱

这世上有哪一位帝王能与你相比

八百年来　子孙无一日或忘

我们敬你如父如君如神祇

你永远温暖地活在我们的心上

祖先的姓氏

——布里雅特之歌

在你

曾经深爱的

大兴安岭之上　尽管

岁月飞驰历经了许多风霜

白桦　和

樟松

依然在顽强地生长

春日如雾　夏日翠绿

秋　闪着金光

在你

徘徊流连的

大兴安岭之上　尽管

人世变幻历经了无数沧桑

鹿群

还在林中嬉戏又相依睡去

月光下　花朵还在风里

　轻轻摇晃

　　你可听见

　往日的歌声　此刻

　　在山林间重现　你可听见

　古老的血脉还在这里颤动绵延

　　你可听见

　　　孩子们在欢声诵念

　　　　祖先的姓氏　你可听见

　　　我们在呼唤　呼唤着

　　祖先啊你的名字

　嘎拉祖德　华塞　夏日伊德

呼伯庹德　哈日嘎那　呼代

　古其德　宝邓古德　哈里宾

　查钢古德　巴图乃

　　　你可听见　孩子们

在欢声诵念

祖先的姓氏　你可听见

我们在用全心灵呼唤着

祖先啊　你的

你的美好的

名字

2007. 7. 17

因你而留下的歌

——献给巴达拉吾友

当彩虹横过天际　当柔风轻拂大地

巴达拉吾友　就是在这样的时刻

我们会听见了你

仿佛是一声美好的叹息藏在心底

当马群驰过旷野　当黄羊奔上山梁

巴达拉吾友　就是在这样的时刻

我们会感受到你

仿佛是一股坚持的力量勃发向上

听啊　亲爱的朋友

因你而留下的歌　因你而不朽的歌

这一首又一首的曲调从未远去

在古老的旋律中流动着的
是一整个民族的灵魂
在悠远的音韵间保存着的
是一整个民族的青春

听啊　亲爱的朋友
因你而传唱的歌　因你而永恒的歌
这一首又一首的曲调从未远去

你说　从祖先心中唱出的歌
应该要再唱进子孙的胸怀里去
是的　亲爱的朋友　我们从未忘记
在歌声将起未起　将停未停之时
巴达拉吾友
我们就会听见　听见了你

听啊　这一首又一首
因你而苏醒的歌　因你而赞颂的歌
从未远去　从未远去

从
未
远
去

2006. 3. 3

附注：巴达拉先生是蒙古国的音乐学者。在苏联高压统治的年
　　　代，他立志走进民间采集几近失传的歌曲，深受国人敬
　　　爱。这首诗译成蒙文，在他逝世后的学术研讨会上曾以朗
　　　诵形式发表。

送别查嘎黎

是吾友　也是吾师

查嘎黎

是你引领我去仰望英雄的苏力德

引领我去探索高原的苍茫历史

仿佛仍见你行走在漠野之上

俯首沉思　或是

伫立在萨拉乌素河的河湾高处

遥指那崖边巨石　向我解释

山峦暗黑高耸　有水声叮咚　何其寂静的夜晚

你曾细说一条迷路的河如何　在月光下追随着一个迷路的人

山峦暗黑高耸　有水声叮咚　何其寂静的夜晚

是归乡的武士在旷野上迷途　　回望有河流也在身后蹑步而行

在人生最困顿之时

少年的你　曾如何以不屈之心

在石上深深刻下自己的名字

查嘎黎　你虽贵为黄金家族的传人

却因此而错失了生命中的黄金岁月

你和你的兄弟们　曾经

被那个疯狂又错乱的时代置于泥尘

周遭没有任何人伸出援手

只有冷酷以及冷漠的眼神

是什么支撑着你度过这一切?

又是什么保护着你逃离灾劫?

多年之后的你　在与我相遇之时

不敢放心流动　正东张西望　是何其清澈的水流

是归乡的武士在旷野上迷途　　回望有河流也在身后蹑步而行

不敢放心流动　正东张西望　是何其清澈的水流

并没有回答我的问题
只是微笑着转过头去
查嘎黎　我清楚记得那一刻
你回身望向漠野　说：
"在草原上，人就是文化的载体。"

是的　查嘎黎

我明白你的意思　我知道你何所指
如果每一个草原的子民
都是文化的载体
即使在生命最最困顿之时
也不会绝望　更不会悲伤哭泣

武士心中悲伤　　原来失去了方向连河流也如此惊慌

失去信心江河也无所适从　　那是萨拉乌素河在神话里的前身

武士心中悲伤　　原来失去了方向连河流也如此惊慌

祈求之后河水暴涨河面开阔　　武士也在北岸找到自己家乡

是吾友　也是吾师

查嘎黎

你给过我的引导和方向　我当谨记

并以此来追念你

2010. 12. 7

慈悲的长生天　　请听我呼求　　还万物以家园和自由

祈求之后河水暴涨河面开阔　　武士也在北岸找到自己家乡

慈悲的长生天　　请听我呼求　　还万物以家园和自由

篇九　英雄组曲

在詩的曠野裡
不求依附　不去投靠
如一匹離群的野馬獨自行走
其實　也並非一無所有

　　　　　　—〈詩的曠野〉庹純露

英雄哲别

（？——一二二四）

是的　我们并不能确知他生于何年
却深深铭记他何时辞世
我们现在几乎不提他原来的姓氏
却永远记得　可汗给他取的名字

哲别　直译为镞
作为勇士之名却含有深意
其义即为　一支
勇往直前的离弦之箭

众说纷纭　都已成为历史
可信或不可信　难以厘清
却都强调
那是一支勇往直前的离弦之箭

所幸　稍稍偏离了中心

稍稍偏离了中心　擦过可汗脖颈
虽然也使脉管裂开血流如注
却未伤及性命

众说纷纭　难以厘清
我们何不重回现场　来到当年
那是一二〇一年的夏天
十三世纪初启　在北方的大草原上
札木合联军与我们的可汗对峙
战于以寒冷著称的旷野　阔亦田

两军相接　敌方先行札苔之术
在阵前求萨满招致风雨以欺我队伍
不料　呼求的风雨既至
浓云惨雾　却全都逆向而行
狂暴的风雨反而袭击了敌方自身
惊慌中　兵士难以走脱纷纷横倒沟壑

这是天意　这是天意啊

在羞惭的哭号声中他们溃散而去

可汗乘胜追击　寻到斡难河畔

与宿敌泰亦赤兀惕的部众正面相遇

就是在厮杀的当下　那一支箭

从远远的山岭上射出

可汗一抬眼　箭镞已擦过他的颈边

慌乱中　幸好红日已匆匆下坠

天色转暗　眼前难分敌我

只好各自退后扎营　等待明日再战

在帐中　可汗昏睡到半夜

急忙止血的　是自幼跟随可汗

忠心耿耿　着急到不顾一切的者勒篾

待到快要黎明　可汗已经清醒

暗自在心中回想　那一支箭射来时的光景

多么遥远的距离啊　射手的膂力惊人

迷惑的目光却藏匿在弓弦之后

恍如困兽　仿佛是在向可汗祈求

请原谅啊　如此的阴错阳差

今日初见你的英姿　让我满心钦羡

你才是我想要跟从的领袖

天意为何竟让我来与你为敌

但既已成敌我　就不得不尽责

箭已在弦上　不能不发

只愿能得到你的宽恕　也为表达敬意

我会将中心稍稍往外偏移

众说纷纭　才成其为历史

可信或不可信的

凡人如我辈　其实难以厘清

唯有英雄与英雄之间

才一交手　便有相惜之心

知道在千万人之中　也难再寻得

如此的气度与才略啊　如此的品格

拂晓之时　　对面的敌军早已在夜间拔营

四散的余众消失在茫茫旷野

可喜的是　　再隔一日　　年少时的恩人

曾为泰亦赤兀惕氏脱朵格家人的

锁儿罕·失剌前来投奔

与他同行的　　还另有一员敌方败将

泰亦赤兀惕首领塔里呼岱的家臣

伯速特部的神射手　　卓日嘎岱

年少时的救命恩人今日前来团聚

可汗当然满心欢喜　　更为愉悦的

却为那英雄的失而复得　　看哪

此刻坦然无惧站立在锁儿罕·失剌身边的

不就是他　　不就是那日在暮色中

远远向他祈求宽恕的神射手吗

英雄与英雄之间　　尽管已心照不宣

可汗还是得在部众之间把佳话传遍

于是现出肃杀之颜　　环顾左右

再开始厉声相询　说

那日　在阔亦田互相对峙厮杀之时

是何人从山岭上射来一支强劲的箭

把我那匹披甲的白鬃黄骠马的锁子骨射断

是何人　如此大胆

帐中众人惊疑静默　不敢稍有动作

只听见远处旷野上风声忽强忽弱

唯有一人从容出列　站定再行礼

是年轻的射手卓日嘎岱

在可汗的面前

说出了这一段传诸史册的千古名言

可汗　那人是我

是我远远从山岭上射出的那一箭

如今可汗若是要令我死去　沾污的

不过是眼前如巴掌大小那样的一块土地

若是能被恩宥啊　我的可汗

愿在你大军之前作最勇猛的先锋

愿在可汗面前横渡深水　冲碎坚石

在命我前去之处

誓愿将青色的磐石为你粉碎

在命我进攻之地

誓愿把黑色的矾石为你捣毁

虽不能生而为你的臣仆

我的可汗哪　但愿此后能为你效力

请容我将功折罪　终生追随

可汗闻言　心中震动

这不就是多年求之不得的真英雄

于是喜悦地降下了圣旨

向全军宣告

凡是曾经对敌的

都会因惧怕而讳其所为

此人却不加隐讳　向我坦诚相告

如此高贵的品格　愿与他为友伴

他原名是卓日嘎岱　因为那一箭

将我那披甲的白鬃黄骠马的锁子骨射断

就以此给他另起一名　叫作哲别

正如同那一支勇往直前的离弦之箭

让他从今而后披起铠甲　用此新名

永远在我跟前行走

圣旨既降下　众人纷纷称庆

都说可汗英明

传出帐外之后　全军更是欢声雷动

有人开始呼唤那可汗新赐的名

四野跟从　一呼百应

哲别　哲别　神乎其技的射手

天下难求　哲别　哲别

我们的英雄　你誓愿追随可汗

我们也誓愿追随你　在建国的长路上

永远作可汗的先锋

史册里记录了这一场盛会

却没有描述　在聆听圣旨的瞬间

英雄哲别所流下的热泪

可汗　可汗是完全明白我的啊

他知道我并非贪生怕死之辈

并非示弱也并非投降

更非为了什么名声的考量

我来　只为了投奔一位真正的领袖

誓愿将我的一生　都呈献给他

以不负这上天赐我的勇猛躯体

这大好的黄金年华

果真是坚守其志的哲别

除了对可汗这一次肝胆相照的表白

此后英雄的一生都沉默寡言

然而他耿直忠勇

即使成为大将军　封万户

也总是身先士卒　作永远的前锋

大小的征战不计其数

到了一二〇六年

大蒙古帝国建立之时　身为开国九鼎之一

他依然奉旨出征　追袭乃蛮的屈出律汗

直把他赶到撒里黑山崖而灭亡

其后又数度伐金　从不辱使命

一二一九年　可汗为复仇西征花剌子模

命哲别为第一先锋　他谨遵预定的策略

与随后的速不台　都卓有战功

此次可汗亲征　花剌子模苏丹畏战

仓皇遁走　弃新都撒麻尔干于不顾

可汗遂派哲别与速不台　率军追赶

苏丹丧志　堂堂一国之君竟避入里海

蜗居于小岛之上　不战而病亡

一二二三年　可汗凯旋回朝

哲别与速不台的大军却再衔命往征波斯

越太和岭　攻入钦察

击溃斡罗思诸小国王公及钦察汗的联军

转攻今称伏尔加河上的不里阿耳

众蕞尔小国　原不堪一击

然而要横越高加索　绕行里海

千万里披星戴月的征途之外

还要遇水架桥　逢山开路

测探他人的军情　体恤自己的兵丁

更要劝慰思乡的将士　让他们暂且释怀

而自己心上的重担　又有谁能明白

一二二四年　诸邦平定

史上首见的浩大西征在此暂告结束

凯旋大军终于得以东返蒙古

可惜啊可叹　我们的

英雄哲别

却殁于归程的　中途

雄伟的大山也会被深雪锁埋

可惜啊可叹

我们的身体终于被岁月压弯

谁来拂去战袍上的雪花

你看　在不远的前方等待着的

不就是　我们梦里的家

难舍这别离　天地也沉寂

静听全军以悲歌致意

鞍马之上　再不见将军的身影

唯有他的战旗还在晴空下飘扬

高举在队伍的前方　一如往常

直到今日　这飘扬着的大纛犹在人间

一代又一代的伯速特部子孙虔诚供奉

他们说　这就是英雄诀别的遗言

族人尊其为忠勇无比战无不胜的

阿拉格苏力德

其缨为海骝马的苍苍鬃毛

其旗杆为九尺九寸高的松柏之木

每逢十三年的寅年到来

就为大纛外表作全新的修护

再举行慎重庄严的威猛大祭

激发阿拉格苏力德内里精神的昂扬奋起

族人深信　大将军的英灵已得永生

在长生天的护佑之下

与他的阿拉格苏力德共存

这不也是今日的我们所祈求的信仰
祈求英雄哲别能来到我们的心上
引领每一个犹疑的灵魂　不畏艰困
努力从众说纷纭的历史迷雾中脱身
重新去寻找自己的位置
自己的方向
重新去
思索　自己的真相

2011. 2. 19

锁儿罕·失剌

——所谓历史的必然，

其实是源起于无数的偶然。

你自己并不知道

锁儿罕·失剌

其实　任谁也无从知晓

一个人一生的身份转变

有时　仅仅就在那一动念之间

好像原本只是处身在暗黑的观众席里

忽然有投射灯光左右交叉而至

光柱末端　聚焦于你

那是过去与未来

同时在向你注目　并且欢呼

齐声邀请你走向舞台

米为就在眼前深垂着的帷幕之后

142

那即将要隆重推出的

历史新剧　剪彩

最起初　应该只是

源于一种不忍与同情

甚至还带着几分愤懑不平

可惜那幼嫩的还像青青柳条一样的

少年铁木真啊　难以脱身

不过只是个十几岁的孩子

跟着母亲过活　他谁也没招惹

怎么就被这群泰亦赤兀惕人

视作眼中钉　早几年

这些人抛弃了他们母子在先

如今　又非要把他掳捉过来不说

还要给他套上沉重的枷锁

可怜这像雏鹰一样翅膀还没长全的

少年铁木真啊　遭此不幸

所以　那一夜

当有人在毡帐外喧闹　拍门呼叫

他们嚷着说　快出来帮忙寻找

铁木真逃了　铁木真跑了

你一时心里还真是颇为欢喜的吧

其实　大家都有点醉了

筵席散后　刚刚才回家睡下

而你　你根本不想去找到他

无奈　缓缓披衣而起走出帐外

那夜月光明亮　四野恍如白昼

是四月十六的红圆光日

红日未落　满月已在中天

日月交辉　佳节难逢

照例在斡难河岸上摆好了筵席

本就该当一醉　此刻

却只见一群带着醉意的泰亦赤兀惕人

脚步踉跄　大呼小叫

正聚在河岸边的树林里挨排寻找

唉　无奈啊无奈

你并不想与他们为伍

你　速勒都孙氏的锁儿罕·失剌

也是个堂堂的男子汉

虽为衣食所困　携家带子投奔于此

不过　在这件事情上要自己做主

下定决心　不与他们同流合污

所以　那一夜

你才赌气转过身来

往那最远最暗　最不可能的角落走去

只因那是与众人相反的方向吧

锁儿罕·失剌

只因你　你根本不想要找到他

于是　在深暗的林子里

你就恰好与铁木真的目光相遇

何等勇猛又聪慧的少年

整个身子浸在水里紧贴在河边

一任木枷顺水冲流

河岸上杂草丛生杂树荫翳　若不是

树梢风动洒下几片碎裂的银白月光

你不可能看见他的脸庞露出在水面之上

少年双眸晶亮　如剑锋上的冷冽光芒

与你对视　毫不畏怯也不显慌张

你打心里疼惜这孩子

想他和自己的儿女是差不多的年纪

怎么就陷入如此凶险的境遇

于是　你假装往前继续迈步

却把自己心里的同情　轻声向他说出

"正因为你这样有才智，

　目中有火，脸上有光，

　才被你泰亦赤兀惕兄弟们那般嫉恨。

　你就那么躺着，我不告发！"

就这样　你第一次经过了他

无人能够再对你强求

锁儿罕·失剌

你已经对这少年伸出过援手

可是　当你听见河岸那头有人在发令

叫大家再继续搜寻　你就明白

自己已经不可能置身事外

唉　无奈啊无奈

你只好提议　不如让各人按原路回去

重新再仔细寻找一遍

或许　有些地方刚才没能看见

大家都听从了你的说法

于是　又一次你经过了他

不得不再轻声提醒

"你的兄弟们咬牙切齿地来了！

　还那么躺下！要小心！"

说完就快步离开　无奈啊无奈

第三次　当他们还不肯罢休

锁儿罕·失剌　你只好大声恳求

"你们泰亦赤兀惕官人们啊！

　白天把人逃掉了，

　如今黑夜，我们怎么找得着呢？

　还是按原来的路迹，

去看未曾看过的地方　回去搜索之后

解散，咱们明天再聚集寻找吧。

那个带枷的人还能到哪儿去呢?"

史书上几次细细记下你的话语

想必也是在赞叹着你的勇气

那夜月光特别明亮　清辉泻地光影分明

是他们醉得厉害　还是你特别清醒

或是有长生天的护佑　月光下

让你的身影添了威仪　语调又极为动听

每个人都任你摆布　转身重回旧路

你因此而第三次经过了他　对他说

"等我们都散了以后，

　找你母亲和弟弟们去吧!

　如果遇见人，你可不要说见过我，

　也别说曾被人看见过。"

锁儿罕·失剌　在回家的路上

你对自己还算满意吧

真不知道是从何处借来的胆子

呵呵　你在心中暗笑

还敢去指挥那些官人们哪

也罢　也罢

也算是尽了力了

希望那少年可以平安离去

回到家来　并不敢对孩子们细说

虽然沉白和赤老温这两兄弟还不错

前几日　铁木真轮宿到家里来的时候

夜里　你看见他们想让铁木真安睡

竟偷偷松开了他身上的枷锁

也真是自己的好孩子啊　有正义之心

懂得对弱者关怀　可是

做父亲的也只能佯装翻身把视线挪开

唉　无奈啊无奈

如果多加鼓励　只恐怕

终有一日会把灾难之神请进门里

锁儿罕·失剌

就像是此刻　你也有些后怕

若是被人察觉岂不就祸延全家

思来想去　难以入眠

索性起身开始日常的工作

拌搅那永远拌搅不完的酸马奶子

让自己的心情慢慢稳定

帐外应该是星渐沉月已落

雾浓霜滑　接近拂晓的时刻

猛然间　虚掩的门被推开

有个黑影一闪身进入

待得看清

锁儿罕·失剌啊　你不禁胆战心惊

冲口而出的是

"我没说过找你母亲和弟弟们去吗？

　你干什么来了？"

是的　站在你眼前的是少年铁木真

带着枷　带着湿淋淋的衣裳

还有恳求的目光

唉　灾难之神原来是这般模样

现在　不请自来

无论是收留或是把他赶走

恐怕都会有把柄落入他人之手

唉　无奈啊无奈

怪不得老人总说善门难开

你正在暗自惊疑

却发现沉白和赤老温已经迎上前去

卸了铁木真的枷　丢在火中烧了

还回过头来对你说

"鸟儿被鹞子赶到草丛里，

　草丛还要救它。

　现在对来到我们这里的人，

　你怎么那样说呢?"

两兄弟一边责问着父亲

一边又合力把铁木真搀扶到帐外

让他坐进放满了羊毛的车里躲藏

把妹妹合答安叫过来照管

吩咐她要谨守秘密　谁都别讲

东方的天幕已转成彤红

锁儿罕·失剌　此刻的你

正有千种疑虑和惊惧拧绞在心中

远处　泰亦赤兀惕人已逐渐聚集

住得稍近的邻人们　正吆喝着

相约着来互相搜查

眼看他们越走越近

你只好强恃镇定前去相迎

总不能　总不能让孩子们把自己看轻

为人臣仆　小小的毡房之内

也只有拌搅马奶的工具和器物

来搜查的邻人却格外仔细

连柜子里到床底下都已翻遍

又来到后面装羊毛的车子旁边

有人跳上去开始把羊毛往外拖出

你眼角看到合答安好像就要失声惊呼

只好上前　佯装有趣

陪着邻人一起探头望向车里　又说

"在这么热的时候，

躲在羊毛里怎么能受得了!"

想是长生天再来护佑

那搜查的人竟应声跳下　笑着走开

你望着他的背影

才听见自己的心跳如擂鼓般又急又快

牵起了合答安的小手

感觉到她柔软的身体也在微微颤抖

沉白和赤老温却像没事人一样

已经跨上马　跟着队伍

跑去邻家搜查　一边哼唱着歌谣

一边还转过头来向他们的父亲微笑

到了夜里

对着已经整装待发的铁木真

锁儿罕·失剌

你不得不向这少年说出心里的话

"你差一点弄得我像风吹灰散般的毁掉了!

现在找你母亲和弟弟们去吧!"

你给他准备了一匹白口甘草黄色的牝马

又给他煮了一只特别肥壮的羊羔

把奶食和酸奶子也都装好

没给他马鞍和火镰　上马之前

又给了一张弓两支箭

于是再等到星沉月落　等到露水泛白

等到天空和草原模糊成一片的

拂晓之前　才让他悄悄上马

合答安早已入睡

沉白和赤老温站在你身旁

一起祝愿他此去前路上再无风险

平安回到亲人的身边

目送着那一人一骑静静地转过河湾

行到更远处　少年在马上起身挥手

好像是向你们道谢　也更像是道别

然后才放快了速度　疾驰而去

此刻　你心里想着的是

幸好救了这少年一条性命

也算是一场难得的相遇

日后要再相见恐怕并不容易

锁儿罕·失剌

你自己并不知道

其实　任谁也无从知晓

你的出手相救　原属偶然

只是因为激发出的同情和勇敢

让你助他躲过这一场劫难

谁能够料想到　再相见时

你竟要欢喜地称他为

我们的可汗

看哪　锁儿罕·失剌

此刻还是少年铁木真离开的这个清晨

辽阔的天穹已转成饱满的彤红

一轮朝阳　带着无比的光彩和热力

正在逐渐上升

而你　也已经掀开了深垂着的帷幕

在无垠的大地舞台之上

一个庞伟的帝国　即将登场

那无比的光彩和热力

任谁也难以匹敌　无从想象

2011. 3. 6

附注：全诗中的对话，皆引自札奇斯钦所著的《蒙古秘史新译并

　　　注释》（联经版）。

附录

三家之言

把親愛的名字放進心中
用風來測試　用淚來測試
在茫茫的人海裡
用一首又一首的詩……

摘自〈劫後之歌〉2002·9·20

席慕蓉诗有感

三木直大

　　我之所以有这份荣幸为席慕蓉女士的新诗集献上贺辞，缘于邀请席慕蓉女士和焦桐先生参加二〇一〇年十月在东京召开的台湾现代诗研究会。我一直在构思建立一个台湾诗人和日本诗人一同谈诗并彼此朗读诗，且让研究者一同议论的平台。主要的成员，包括席慕蓉女士翻译诗集《契丹的玫瑰》的译者池上贞子教授，和痖弦的翻译诗集《深渊》的译者松浦恒雄教授，以及即将出版的陈育虹诗集译者佐藤普美子教授，还有我。邀请席慕蓉女士和焦桐先生莅临时的筹办者，是两位诗集的译者池上贞子教授。我在大会提供的资料集里，对席慕蓉女士的诗写了短评。在此引用部分文句。

　　在席慕蓉女士的诗里，从初期开始，"我""你""我们"的构造便屡次登场。有时候"你"比起"你们"的呼唤更有广度。作为被呼唤对象的"你"，在不同的作品中展现的相异的蕴含和样貌，我们或可说席慕蓉女士的写诗历程是"寻找""发现""确认""凝视…""你"的旅程。与此同时，也是寻找"我"的旅行。透过写诗，席慕蓉女士发现了"你"，发现了"我"。当然，这样的追问，在开始写诗之前便存在席慕蓉女士心中，虽说是发现，却有多层次的意思，从中"到底认同为何物"的问题于焉发生。因而，现在这个"你"邀请"我"到蒙古，席慕蓉女士的写诗历程正显示了这个过程。

老实说，以前的我并不是席慕蓉诗的热情读者。真正大量阅读，是从揽读池上贞子教授的翻译诗集开始。当时的感想，便是前述的思索。因而这回，我一边注意人称用法，一边再次展读了席慕蓉女士的诗集。从而，我意外地发现，本以为是恋爱诗的作品，重新展现了多样意涵的广度与深度。而且，经过岁月的积累，其呼唤更演奏出多重意义的乐章。并且，从她的呼唤中，终于她的祖籍内蒙古的身影开始忽隐忽现。

在东京举办的研讨会上，聚集了众多的旅日蒙古人。他们多出身于中国内蒙古自治区，我惊讶的是，日本有如此多的蒙古人。而且他们全都是席慕蓉诗的狂热读者。研讨会翌日，在东京外国语大学蒙古系举行的活动也是如此。我十分能理解，离开故乡的蒙古人之所以爱读席慕蓉女士诗的理由。席慕蓉诗与蒙古的关系，池上贞子教授在日语诗集《译者后记》，中有详尽的论述，我不在此赘言。我衷心期盼池上贞子教授的《译者后记》早日被中译。

然而，离乡背井的人们之所以爱读她的诗，不仅仅出于思乡之情，其中更有着不能单纯归因于技术纯熟的深刻情感。这份深刻的情感，成为席慕蓉诗的不绝的泉源，这也是她的诗吸引台湾众多读者背后的原因。

我认为她的诗风靡一九八〇年代的台湾，正好与迎接解严的台湾，在时代的变化中，人们开始欲求崭新表现的时期重叠。虽然以台湾的族群来说，她是外省诗人，不过她体内流的是蒙古血统。从而她寻求的不是"想象的中华"，而是"想象的蒙古"。况且，其背后更背负着蒙古惨烈的近现代史。而这等惨烈的近现代史与台湾的处境相互叠合。读者不正是为这重层性所吸引的吗？我想，这种结构便是不仅吸引台湾读者，并且每当诗集在各国和各地区被翻译时都能引人入胜之处。

席慕蓉诗的这种构造，也同样呈现在此次诗集《以诗之名》之中。即便其中收录的作品创作年代不一，在各处都还是能聆听到她想演奏的乐音。再者，吾人也能察觉诗人为了追寻乐音音色的丰润，做了创作的尝试。如此，透过诗集的形式，一部交响乐于焉响起。

这部交响乐，根据生存本身与围绕着我们的世界多义性而谱成。其中糅合了残酷和纯粹的爱等各式要素。重新思考到席慕蓉诗这种结构之后，我认为，不仅应该在台湾现代诗史和中文现代诗史之中，更有必要在世界文学的维度中赋予席慕蓉诗相当的地位才是。

附注：作者三木直大为广岛大学教授，本文由谢蕙贞女士翻译。

诗就是来自旷野的呼唤

——论席慕蓉之以诗谈诗

李瑞腾

席慕蓉在一篇题为《追寻之歌》的散文中说过：

> 有些诗人，可以把自己的创作经验和作品分析，写成一本又一本有系统可循的书……
>
> 有些诗人，则是除了他的诗作之外，从不多发一言……
>
> 而我呢？我当然绝对做不成前者，但是，也更做不成后者。(《宁静的巨大》，页36)

我初步的体会是，她真的做不成后者，作为一位现时代的诗人，尤其是成名诗人，要做到"除了他的诗作之外，从不多发一言"，是不可能的事，因为诗评家会逼你说，媒体记者会要你说，你的读者会希望你说；但是她并非"做不成前者"，而是不想；她其实是经常分析自己的创作经验，有时也会分析自己的作品，只是方式并非论述，不是"一本又一本有系统可循的书"，而是用她自己擅长的文类——诗和散文，认认真真地谈着自己诗之经验。

用散文谈诗，不管说得多么轻快，就是在讲理——一种从创作实践中得到的诗之理。我们相信，经验的系统化即可成理论，因此诗人也可能成为诗论家。而用诗谈诗，在汉语诗史上早有先例，唐代杜甫的《戏为六绝句》开启了论诗绝句的传统，司空图《诗品》是论诗之风格的诗话，许多诗人在相互赠答的诗作中无可避免地触及写诗之事。

席慕蓉以散文谈诗，《写生者》中有《诗教》《诗人啊！诗人!》，《黄羊·玫瑰·飞鱼》中有《论席慕蓉》《诗与诗人》，《宁静的巨大》中有《追寻之歌》《诗人与写诗的人》等；至于以诗谈诗，例子不少，可以合组成"慕蓉诗话"，以下我将择要讨论，借此了解席慕蓉对诗的看法。

诗的本质、诗的价值，以及恐怖的说法

诗到底是什么？性质与功能如何？这些都是大哉问，

诗论家真可以写一本又一本的书去讨论。席慕蓉在她上一本诗集《我折叠着我的爱》中有一首《诗的本质》（页50），写一位女性诗人读自己诗集的校样（从印刷的字体上重新再阅读一次自己的诗），"她真切地感觉到了生命正在一页页地展现，再一页页地隐没，如海浪一次又一次地漫过沙岸。"她因此而感到"这是何等的幸运"！从"生命"，她进一步想到"岁月"之"如此丰美而又忧伤，平静而又暗潮汹涌"，在这种情况下，"能够拿起笔来，诚实地注记下生命内里的触动，好让日后的自己可以从容回顾，这是何等的幸运"。接着，她又想到"时光"，想到诗之写作"越写越慢"，想到纪伯伦说的"爱是自足于爱的"，想到"诗是自足于诗的"；而这就是"诗的本质"。

在时光的移动中，如何生活？如何展现生命？这是人的根本问题；而闻见之间有所触动，情动于中而形于言，言意理应相应，关键在于是否"诚实地注记"。因为有这样的一些注记，再阅读时，生命才会逐次展现并隐没。

这诗写在二○○二年，前此二十余年，她在《诗的价值》（《无怨的青春》，页6）一诗中把写诗比拟成金匠之"日夜捶击敲打"，"只为把痛苦延展成/薄如蝉翼的金饰"，就诗之表现来说，即是"把忧伤的来源转化成/光泽细柔的词句"。和前一首诗对照，"忧伤"只是生活中的一种"触动"，其他的情感类型亦然。诗价值之所在正如是。

后此七八年，席慕蓉用一首《恐怖的说法》（《以诗之名》，页86）将"自足"作了演绎：

诗　是何等奇怪的个体

出生之后　就会站起来　走开

薄薄的一页　瘦瘦的几行

不需衣衫　不畏冻饿

就可以自己奔跑到野外

有一种恐怖的说法：

诗继续活着　无关诗人是否存在

还有一种更恐怖的说法，是——

要到了诗人终于离席之后

诗

才开始真正完整地

显露出来

前段指诗脱离创作母体之后，成了"何等奇怪的个体"，不只是有自己的生命，而且一出生即会站会走会跑，其形虽薄弱，却不需衣衫，不畏冻饿。"野外"是一个宽阔的天地，可任诗驰骋。二段扣题，两种说法，一种比一种"恐怖"：诗之存活，与诗人无关；要等到诗人身后，诗之形构、意义等才能真正显露出来。我们都记得，二十世纪前叶在英美流行一时的新批评，一九六〇、七〇年代影响台湾很大，他们无视于文学活动空间的前后两端（作者、读者）之存在，认为文本独立自足，虽也曾造成一些解读上的问题，但重视文本的完整、严密、艺术性等，于作家之写作、读者之赏读，也有相当程度之助益。对于席慕蓉来说，虽以"恐怖"形容，但应也有写好作品才最重要的体悟。

诗的成因、诗成、执笔的欲望、一首诗的进行

在席慕蓉的诗里，我们频频听到她的叩问：我为什么要写诗？我为什么还在写诗？一九八三年，她有一首《诗

的成因》（《时光九篇》，页 4），前二段写她整个上午都在调整步伐好进入行列，却没人注意到她的加入；整个下午都在寻找自我而走出人群，但也没人发现她的背离。每天"为了争得那些终必要丢弃的"，却得付出整整一日，甚且整整一生。必须等到日落以后才开始：

> 不断地回想
> 回想在所有溪流旁的
> 淡淡的阳光
> 淡淡的　花香

她显然体悟到，在现实之争中付出的代价太大，自然界却有许多被忽略的美好景物。在去取之间的调适，这就是她的诗之成因。

二〇〇〇年，她另有一首《诗成》（《迷途诗册》，页4），前二段分列物色之变的"无从回答""无法辨识"，然后，有什么在"慢慢浮现"？有什么在"逐渐隐没"？取舍由谁在决定？那真正的渴望是什么？等等，喻指诗心之萌发。诗之所以成，有其缘由，有其过程，正对应着不知能完成些什么的一生："如炽热的火炭投身于寒夜之湖/这绝无胜算的争夺与对峙啊。"这就是为什么"窗外时光正横扫一切万物寂灭",而"窗内的我为什么还要写诗?"。

二〇〇九年,她有二首叩问与回答都更深刻的作品:《执笔的欲望——敬致诗人池上贞子》(《以诗之名》,页4)、《一首诗的进行——寄呈齐老师》(同上,页7)。

池上贞子以日文翻译了席慕蓉的诗,席慕蓉用诗告诉她自己为什么要写诗,为什么到现在都还没停笔:

> 这执笔的欲望　从何生成?
>
> 其实不容易回答
>
> 我只知道
>
> 绝非来自眼前肉身
>
> 有没有可能
>
> 是盘踞在内难以窥视的某一个
>
> 无邪又热烈的灵魂
>
> 冀望　借文字而留存

她虽然用的是问句,但应是有感却不十分确定。我们都知道，持续性写作是极不容易的，特别是写诗，有人说三十岁以后如果还在写诗，很可能就会写一辈子，那是因为有不得不写的理由，而且一定是内生的，所谓"盘踞在内难以窥视的某一个/无邪又热烈的灵魂/冀望借文字而留存"，听来略显抽象，但这大约也就和意内而言外的说法相近，那存于心的意念，总要向外表现，才能留存。席慕蓉在自我交代，触及了诗之写作的原理。

《一首诗的进行》为寄呈齐邦媛老师之作，可以说是席慕蓉的诗之创作论，相当复杂，可能得另文分析。诗人一开始说"一首诗的进行/在可测与不可测之间"，结笔处说：

是否　只因为

爱与记忆　曾经无限珍惜

才让我们至今犹得以　得以

执笔？

这"爱与记忆"可说是这一系列叩问的总回应。

诗的旷野、诗的囹圄、诗的蹉跎、诗的末路

在漫长岁月的写诗生涯中，席慕蓉总期待一个宽阔的驰骋空间，那就是《诗的旷野》（《以诗之名》，页49）：

在诗的旷野里

不求依附　不去投靠

如一匹离群的野马独自行走

其实　也并非一无所有

有游荡的云　有玩耍的风

有潺潺而过的溪流

诗　就是来自旷野的呼唤

是生命摆脱了一切束缚之后的

自由和圆满

真实的旷野空间广袤，有云游荡，有风嬉耍，有溪流潺潺而过，自在自如；诗的天地亦如是，然已抽象化，在

其中，诗人可以不依附任何帮派势力，不投靠任何达官显贵，这不去不求，特有一种独立自足的生命形态，在这样的空间，诗人"如一匹离群的野马独自行走"，这野马之独行的譬喻，说明"诗的旷野"之可贵；进一步我们看到具象的旷野和心灵的旷野的融合，也看到二者与诗的关系重组：诗即"来自旷野的呼唤/是生命摆脱了一切束缚之后的/自由和圆满"。

用另外一种说辞，也就是《诗的囹圄》（《迷途诗册》，页 59）前段所描述的辽阔的天地，不论是巨如鹰雕，或细如一只小灰蝶，都可以"尽量舒展双翼"。诗人不解的是：

　　　这天地何其辽阔

　　　我爱　为什么总有人不能明白

　　　他们苦守的王国　其实就是

　　　我们从来也不想进入的　囹圄

这"我们"与"他们"的对立，"旷野"与"囹圄"的对比，只能说人各有志吧，所以还是回到自我的省思上，在这里我想谈席慕蓉所谓诗的"蹉跎"与"末路"。

"蹉跎"本是"失足"，后引申为"失时"、"失志"。写诗一事与"时"与"志"关系密切，盖"志"为诗的内容，所谓"在心为志，发言为诗"（《诗大序》）；"诗"与"时"皆从"寺"得声，声韵学上有凡从某声皆有某义的说法，我一直以为时间根本就是诗的灵魂。因之，《诗的蹉跎》（《边缘光影》，页4）即从时间写起，说"消失了的是时间/累积起来的也是/时间"，这等于是说"时"其实是可以失而不失；然而"志"呢？诗接着的二、三段如下：

　　　　在薄暮的岸边　谁来喟叹

　　　　这一艘又一艘

　　　　从来不曾解缆出发过的舟船

　　　　一如我们那些暗自熄灭了的欲望

　　　　那些从来不敢去试穿的新衣和梦想

　　　　即使夏日丰美透明　即使　在那时

　　　　海洋曾经那样饱满与平静

　　　　我们的语言　曾经那样

年轻

薄暮苍茫中，有那么一艘又一艘从来不曾解缆出发过的舟船。对一个写诗的人来说，触这个景会生出什么样的情？是舟船，就该下水，就该航行在万顷碧波之中，但是它们却"从来不曾解缆出发过"，形同废弃，更严重地说，那就死亡了。诗人说"谁来喟叹"？这是"诗的蹉跎"。进一步用了"那些""那些""那时"景况，全都是。结笔处的"我们的语言曾经那样/年轻"，言下之意应是说，如不再蹉跎，可以用更成熟、更厚重的诗语去面对那些"欲望""梦想"以及丰美透明的夏日、饱满与平静的海洋。

　　这颇有写诗要及时、要持续、要挖深的意味，但即便如此，席慕蓉感受过不断重复而来的悲伤与寂默，了解"生命里能让人/强烈怀想的快乐实在太少"，她曾有过更深层的思索，在《诗的末路》（《边缘光影》，页24）中，她写道：

　　　　我因此而逐渐胆怯

　　　　对每一个字句都犹疑难决

当要删除的　终于

超过了要吐露的那一部分之时

我就不再写诗

"字句都犹疑难决"并非单纯的遣词造句问题，"胆怯"是心理问题，是生命的困境引发了写诗的瓶颈，这很严重，根本已是诗人角色认同危机，"当……之时""我就不再写诗"是一种假设，但也是一种宣告，对于诗人来说，当然是"诗的末路"了；而那是一种什么情况呢？"要删除的""超过了要吐露的"，就诗之表现来说，是诗心与诗笔的冲突，其苦痛不言可喻。

母语、以诗之名

席慕蓉在她的诗中谈诗之处当然不只上述，连"译诗"一事她都有诗《译诗》，(《我折叠着我的爱》，页18)。有兴趣的读者可以逐册逐页搜寻点读，我就不再多引述了。最后想谈她的一首《母语》。

本诗送给一位蒙古国诗人巴·拉哈巴苏荣，大意是

"你"为什么"可以一生都用母语来写诗"，而我却不能。

从母亲怀中接受的

是生命最珍贵的本质

而我又是何人啊

竟然　竟然任由它

随风而逝……

不能用母语写诗的遗憾，我们可以理解，但在事实上，席慕蓉并非在主观上愿意"任由它/随风而逝"。在一个翻天覆地的时代，一位出生四川、台湾成长的蒙古孩子，注定已丧失了学习母语的环境，多年以后，她以成长过程中习得的汉字，不断地书写蒙古草原之美及其困境，父亲的蒙古已渐转成她的了，无法使用母语写诗的遗憾，也算有所补偿了。

二〇〇八年，她写下《以诗之名》：以诗之名，"搜寻记忆"、"呼求繁星"、"重履斯地"、"重塑记忆"，其"实"即"原是千万株白桦的故居"，有"何等悠久又丰厚的腐殖层"的"这林间"，以及"过去了的过去"。我们能肯定地说，那正是蒙古的土地。

"以诗之名"成了席慕蓉最新一本诗集的书名，她自己、她的诗、她的蒙古，三者已然合体了。

附注：作者李瑞腾为台湾文学馆馆长，中央大学中文系教授。

地平线

林文义

"竟能那般沉稳，一条直线横过就是大地苍茫了……"已然过世的故人，多年以前如此说。

那是风雪凛冽的北美东岸，离乡半生的小说家在初见后，向我问及：是否认识席慕蓉？我提及席氏之诗，小说家谈的是席氏之画：你知道长年被家乡拒绝的小说家父亲乃是高龄的胶彩画名家，日本领台时代，列之"台展三少年"之一，以之家学渊源，想见对绘画艺术自有心得。小说家表明虽长居纽约，却不喜涉足美术馆细赏真迹，宁可静阅画册，再三反复寻索。

"一条直线横过……"小说家停顿半晌，略为思忖地接续："她的地平线就有色彩了。"回忆所及，似乎用心、庄重地询我关于席氏的文学著作及在台湾读者的评价云云。身置小说家服务的联合国二十三楼，他专属研究室窗下正是东河，指着河中一块突兀的岩石，中间竟有一株结冰若水晶的独立树：小说家形容冬冷之前，树上有窝斑鸠家族："雪融后的春末，它们会按时回来，好像约定。"他温暖地笑了，而后邀我近窗俯望，若有深意地自语："你看那植物，多像席慕蓉画里，地平线的孤树。"

幽幽地，半睡半醒的我，竟会仿佛依稀地梦见十多年前，与小说家初见时的谈话，却是从席慕蓉的绘画说起。小说家别世后，再难以持续每周一次的子夜越洋电话，否则此刻梦醒时分，我可以立刻寻出画册，与时差半日的小说家倾谈关于席氏颜彩中的地平线或者蒙古。

天涯海角旅行半生，却不曾去过蒙古。你年少时总爱翻出中学音乐课本，朗声唱着——

策马长城外，塞上好风光，天苍苍，野茫茫，风吹草低见牛羊……

如何的一种湮远、遥长的惦记呢？并非那片广袤壮阔的蒙古大地令你倾往，而是青春年华的追悼：永远记得，你曾经是善歌的少年且执著画事，歌是抒怀，画是隐痛，十八岁时你膺获美展奖项的水彩，欢喜禀告一向冷肃的父亲，竟被痛责撕毁；那时，你的绘画之梦就必得宣告折逆，悄然看海，波涛远处是苍茫一线，仿佛是明暗光影交错的前景未知般怅然。

似乎永远陌生、迢远，犹如梦中的蒙古，席慕蓉用一条横线显示：乡愁。终究有生之年得以偿还思乡之愿，而我梦到的故人还是无乡可回。如果故人再入我梦，我要与之共赏席氏画册，寻看她以线条、颜彩以及对父祖土地的眷爱型塑的秀异画作，她真情遥向地平线说——

长久以来，我的素描中总有这样的一棵树，原来就长在母亲的故乡。

——转载自《边境之书》联合文学二〇一〇年一月初版

附注：作者林文义为台湾诗人，散文家。

席慕蓉书目

◇诗　集

1981.7　　七里香　大地

1983.2　　无怨的青春　大地

1987.1　　时光九篇　尔雅

1999.4　　边缘光影　尔雅

2000.3　　七里香　圆神

2000.3　　无怨的青春　圆神

2002.7　　迷途诗册　圆神

2005.3　　我折叠着我的爱　圆神

2006.1　　时光九篇　圆神

2006.4　　边缘光影　圆神

2006.4　　迷途诗册（新版）　圆神

2011.7　　以诗之名　圆神

2016.3　　除你之外　圆神

◇诗　选

1990.2　　水与石的对话　太鲁阁国家公园

1992.2　　席慕蓉诗选（蒙文版）　内蒙古人民

1992.6　　河流之歌　东华

1994. 2　　河流之歌　北京三联

1997. 6　　时间草原　上海文艺

2000. 5　　世纪诗选　尔雅

2001　　　Across the Darkness of the River（张淑丽英译）
　　　　　GREEN INTEGER

2002. 1　　梦中戈壁（蒙汉对照）　北京民族

2003. 9　　在黑暗的河流上　南海

2009. 2　　契丹的玫瑰（日文诗集·池上贞子译）
　　　　　日本东京思潮社

◇画　册

1979. 7　　画诗（素描与诗）　皇冠

1987. 5　　山水（油画）　敦煌艺术中心

1991. 7　　花季（油画）　清韵艺术中心

1992. 6　　涉江采芙蓉（油画）　清韵艺术中心

1997. 11　一日一生（油画与诗）　敦煌艺术中心

2002. 12　席慕蓉（40 年回顾）　圆神

2014. 11　旷野·繁花　敦煌画廊

◇散文集

1982. 3　　成长的痕迹　尔雅

1982. 3　　画出心中的彩虹　尔雅

1983. 10　有一首歌　洪范

1985. 3　　同心集　九歌

1985. 10　写给幸福　尔雅

1989. 1　　信物　圆神

1989.3 写生者 大雁

1990.7 我的家在高原上 圆神

1991.5 江山有待 洪范

1994.2 写生者 洪范

1996.7 黄羊·玫瑰·飞鱼 尔雅

1997.5 大雁之歌 皇冠

2002.2 金色的马鞍 九歌

2003.2 诺恩吉雅（我的蒙古文化笔记） 正中

2004.1 我的家在高原上（新版） 圆神

2004.9 人间烟火 九歌

2007.3 2006 席慕蓉 尔雅

2008.7 宁静的巨大 圆神

2013.9 写给海日汗的 21 封信 圆神

2017.7 我给记忆命名 尔雅

◇散文选

1988.3 在那遥远的地方 圆神

1997.6 生命的滋味 上海文艺

1997.6 意象的暗记 上海文艺

1997.6 我的家在高原上 上海文艺

1999.12 与美同行 上海文汇

2000 我的家在高原上（息立尔蒙文版）
蒙古国前卫

2002.6 胡马·胡马（蒙文版） 内蒙古人民

2002.12 走马 上海文汇

2003.9 槭树下的家 南海

2003. 9　　透明的哀伤　南海
2004. 1　　席慕蓉散文　内蒙古文化
2009. 4　　追寻梦土　作家
2009. 4　　蒙文课　作家
2010. 2　　席慕蓉精选集　九歌
2013. 1　　前尘·昨夜·此刻　长江文艺
2014. 7　　给我一个岛　长江文艺
2015. 8　　槭树下的家　长江文艺
2015. 11　　透明的哀伤　长江文艺

◇小　品

1983. 7　　三弦　尔雅

◇美术论著

1975. 8　　心灵的探索　自印
1982. 12　　雷射艺术导论　雷射推广协会

◇传　记

2004. 11　　彩墨·千山　马白水　雄狮

◇编　选

1990. 7　　远处的星光——蒙古现代诗选　圆神
2003. 3　　九十一年散文选　九歌

◇摄　影

2006. 8　　席慕蓉和她的内蒙古　上海文艺

附注：《三弦》与张晓风、爱亚合著。《同心集》与刘海北合著。《在那遥远的地方》摄影林东生。《我的家在高原上》摄影王行恭。《水与石的对话》与蒋勋合著，摄影安世中。《走马》摄影与白龙合作。《诺恩吉雅》摄影与白龙、护和、东哈达、孟和那顺合作。《我的家在高原上》（新版）摄影与林东生、王行恭、白龙、护和、毛传凯合作。

图书在版编目（CIP）数据

以诗之名 / 席慕蓉著. -- 武汉：长江文艺出版社，
2017.9（2022.10 重印）
　（席慕蓉诗集：礼享版）
　ISBN 978-7-5354-9551-8

　Ⅰ. ①以… Ⅱ. ①席… Ⅲ. ①诗集－中国－当代
Ⅳ. ①I227

　中国版本图书馆 CIP 数据核字（2017）第 052931 号

本书经由圆神出版社授权长江文艺出版社出版简体中文版（纸本平装书）
湖北省版权局著作权合同登记 图字 17-2016-303 号

责任编辑：孙 琳　李 潇　方 莹　刘程程
特约策划：高 娟　　　　　　　　责任校对：毛季慧
封面设计：壹 诺　　　　　　　　责任印制：邱 莉　王光兴

出版：长江出版传媒 | 长江文艺出版社

地址：武汉市雄楚大街 268 号　　　邮编：430070
发行：长江文艺出版社
电话：027—87679360
http://www.cjlap.com
印刷：湖北新华印务有限公司

开本：880 毫米×1230 毫米　　1/32　　印张：6.75　　插页：2 页
版次：2017 年 9 月第 1 版　　　2022 年 10 月第 5 次印刷
行数：3348 行

定价：32.80 元